# 權錢對決

之 5

## 興風作浪

姜遠方 著

目錄 CONTENTS

第一章

# 娛樂圈

李衛高說：「這位傅主任是我的好朋友，
他是第一次接觸娛樂圈這些事，
人長得又這麼帥，你可不能虧待了他，
到時候一定要給他安排一位又漂亮又有氣質的小姐，
讓他好好見識見識。」

姚巍山就把海川想拍宣傳片的事說了，說：「尹導演，我知道你是頂尖的大導演，你拍片的風格正是我們海川市想要的風格，所以能不能拜託你幫我們拍攝這部片子啊？」

尹章有點猶豫地說：「姚市長，拍片牽涉的事很多，演員啊，資金啊……」

李衛高不悅地說：「尹導演，你不要覺得為難，我們也不一定非請你拍這部片子的。我跟葛凱也說過這件事，他二話沒說就答應了，不過他的風格和姚市長想要的有點差距，所以才沒讓他來拍這部片子，但是葛凱仍然很義氣地答應要做這部片子的顧問。」

尹章看李衛高又要生氣的樣子，知道這件事推不掉，趕忙說：「李先生可不要誤會，我說這些不是想推辭不拍，而是想跟姚市長說大概有些什麼程序，讓他知道一下，互相也好配合。」

李衛高聽了，說：「這麼說，這檔事你接下了？」

尹章一口應承說：「當然了，你李先生的朋友我怎麼會推辭呢？」

李衛高滿意地說：「這還差不多。你放心，姚市長也不會白用你，相關的費用會付給你的。」

尹章立即示好說：「李先生親自出面，我還收什麼費用啊！算了，就當我和姚市長交個朋友吧。」

李衛高說：「這倒沒必要，這又不是姚市長私人的事，是海川市市政府的預算，是公家的事，省錢也沒省到我們的腰包裏，費用你該怎麼收就怎麼收好了。」

姚巍山在一旁接口說：「是啊尹導演，你能幫我們拍這部片子，我就很感激了，費用我們會按照行情價算的。」

尹章偷偷看了李衛高一眼，李衛高說：「你別看我了，就按照姚市長說的去辦吧。」

尹章這才說：「那行，就按照姚市長吩咐的去辦。誒，李先生，今晚你們有什麼安排沒有啊？晚上我想為你們接風洗塵。」

李衛高冷冷地說：「沒必要，我和姚市長是為了辦事來的，現在事情辦成了，就不需要再讓尹導演破費了。」

尹章陪笑著說：「破費什麼啊，這點錢我還是花得起的；再說，你來北京，我連頓飯也不請你吃，回頭黃董那裏我也交代不過去。黃董雖然人不在北京，可是交代過我，一定要好好招待你的。」

聽到這裏，傅華才明白尹章之所以對李衛高前倨後恭，原因就在這個黃董身上，只是不知道這個黃董究竟是何方神聖？

李衛高聽了，很高興地說：「黃董這個人真是重情義啊，其實當年我也沒幫他什麼大忙，只是幫他調整了一下家裏和辦公室的風水，從那以後，每當逢年過節時，黃董就會和我通個電話，相互問候；偶而碰到時，還會請我吃頓飯聊聊天，絲毫不擺富豪的架子。」

原來李衛高是透過看風水和黃董建立起聯繫的，看來風水命理倒是一個能夠結交權貴的終南捷徑。

李衛高嘴上在說黃董怎麼怎麼好，實際上這些話是說給尹章聽的，意思是你老闆都不敢我擺架子了，你算老幾啊，還想擺架子給我看。尹章被說得滿臉通紅，一聲都說不出來。

姚巍山看出尹章十分尷尬，不想讓尹章太下不來台，就插話說：「李先生，你滿口黃董黃董的，說的究竟是誰啊？」

李衛高用一副不得了的口吻說：「這你都不知道啊，黃董就是天下娛樂公司的老闆黃易明啊，他可是娛樂圈真正的大老。」

「天下娛樂」是香港一家很大的影視公司，在香港製做過很多膾炙人口的影視作品。香港回歸後，便把大部分業務轉移到了北京。

尹章就是和天下娛樂公司簽約，天下娛樂幫尹章成立了工作室，讓尹章享有很大的創作自由。但是尹章還是受制於天下娛樂，而黃易明在兩岸三地影視業影響巨大，他自然不敢開罪黃易明。

八成李衛高因為不滿尹章的態度找過黃易明，黃易明在尹章面前發話了，尹章這才不得不放下身架，低三下四的來求見李衛高的。

有姚巍山插話，尹章得到了一點緩衝的空隙，臉色這才好看了一些，便說：「黃董確實是很重情義的一個人，所以我如果沒招待好你，他會怪罪我的，李先生，你也不想讓我難做吧？」

李衛高這才笑了笑說：「看來不去還真是不太好啊，好吧，尹導演，我去就是了。」

尹章終於鬆了口氣，說：「那就好，我會好好招待你們的。」

李衛高聽了說：「你說好好招待，有什麼特別的安排嗎？」

尹章說：「公司新近招了一些小女生，一個個模樣都挺水靈的，到時候我會帶她們來活絡一下氣氛。」

姚巍山感覺這樣有點不太妥當，他一個代市長如果參與這種有女人陪酒的場合似乎不太好，就詢問地看了一下李衛高，說：「李先生，這個安排是不是不合適啊？」

李衛高笑說：「姚市長，你別想歪好不好，尹導演說的很明白，帶這些小女生來不過是喝喝酒、唱唱歌，活絡活絡氣氛而已，又不幹別的，這有什麼不合適的啊？」

姚巍山雖然還是有些不太放心，但是想想也就不再和李衛高爭了，李衛高說得也對，不過就是一次很單純的應酬而已嘛。

李衛高又對尹章說：「誒，尹導演，有件事我想特別拜託你。」

尹章爽快地說：「別說拜託這麼客氣，李先生要我做什麼，吩咐一聲就是了。」

李衛高說：「是這樣的，這位傅主任是我的好朋友，他是第一次接觸娛樂圈這些事，人長得又這麼帥，你可不能虧待了他，到時候一定要給他安排一位又漂亮又有氣質的小姐，讓他好好見識見識。」

傅華直覺李衛高讓尹章這麼安排沒安好心，趕忙婉拒說：「李先生，你真會開玩笑，沒必要為我專門做什麼安排的。」

李衛高說：「只是讓你見識一下娛樂圈而已，又沒有讓你去做什麼。」

姚巍山卻對李衛高這麼特別關照傅華感覺有些彆扭，覺得李衛高對傅華比對他還要好，不免有些吃味。

尹章看了一眼傅華，曖昧地說：「李先生，絕對沒問題，我一定會幫傅主任安排好的。你別說，還真是有一個特別出色的，身材模樣和剛出道的鞏俐差不多，都是一流的。」

傅華聽尹章興致勃勃的介紹著，忽然有一種很荒謬的感覺，有點搞不清楚這個長得像猴子一樣的傢伙，究竟是拉皮條的，還是大導演？

他雖然打著導演的旗號，做的事卻像是拉皮條的，利用自己的名聲，來欺騙一些急於在影視圈成名的女孩子，將自己青春寶貴的身體貢獻出來，供這些色瞇瞇的男人玩樂。

這種皮條客導演一門心思都放在女演員的身體上，難怪拍不出一部撼動人心的好作品來。然而，傅華無法拒絕參加這次宴會，他只是這場宴會的配角，只有服從命令的份，一起逢場作戲。

尹章並沒有誇大其詞，他帶去的幾個女孩子，身材、模樣都算是上乘之選，都是二十歲左右的年紀，個子高挑，肌膚嫩得都能掐出水來。

其中最出色的一個，模樣確實長得很像年輕時的鞏俐，傅華心說大概這就是尹章所說的想要安排給他的那個出色的女孩子了。

果然，尹章上來就把那個女孩子拉到李衛高的面前，笑著說：「李先生，你看我沒騙你，這許彤彤是不是長得很像鞏俐啊？」

李衛高上下打量了一下許彤彤，點了點頭說：「有那麼幾分味道，不錯。女孩子要想進娛樂圈，首先就是要有自己的特色，在像鞏俐這一點上，彤彤小姐就算是有了自己的特色了。」

尹章聽了說：「公司也打算朝這個方向打造她，初步設想就是以小鞏俐這個名頭對外宣傳。」

「這個方向不錯，」李衛高轉頭看了看傅華，說：「怎麼樣，傅先生，還看得上眼嗎？看得上眼的話，今晚就讓她坐你身邊好了。」

傅華笑笑說：「李先生這是在誘惑我嗎，說實話，我還真沒享受過明星坐這麼近的待遇呢。」

李衛高笑了起來：「不要這麼說，今晚就是大家坐在一起吃吃飯，高興高興而已。你如果覺得彤彤小姐合眼緣的話，就讓她坐在你旁邊，別的就不用想得太多了。」

傅華看了一眼許彤彤，注意到這個許彤彤雖然稍顯稚嫩，但舉手投足之間還真有幾分明星的架勢。再想想，反正他總是要選一個女孩陪在身邊，既然這樣，為什麼不選一個優秀的呢，就說：「挺好的，不過李先生，你讓她坐我旁邊，別的男士會不會有意見啊？」

李衛高笑了笑說：「說好今晚是要讓你開開眼界，所以優先照顧你，別的男士就算有意見也是白有，所以你就不用去管他們了。誒，彤彤小姐，你還不趕緊坐過去。」

許彤彤就坐到了傅華的身邊，衝著傅華微微笑了一下，說：「您好，很高興認識您。」

許彤彤的聲音很悅耳，傅華聽著很舒服，就也微笑的點點頭說：「您好彤彤小姐，認識您是我的榮幸。」

說話的時候，傅華視線無意間掃到了坐在他對面的尹章，看到尹章眼神中有幾分妒意。這也難怪，他這個駐京辦主任可以算是這個宴會上身分最低的人了，卻獨佔花魁，任哪個男人看到這一幕，都會有些妒意的。

傅華對此倒沒有十分的在意，他和許彤彤被安排在一起本來就是逢場作戲，這場宴會結束，就會分道揚鑣，尹章實在是沒必要嫉妒什麼的。

許彤彤坐下來後，身子很自然的往傅華身邊靠了靠，這倒把傅華搞得有些不太好意思了。

此刻，其餘的女孩都靠在身邊的男人身上，那些男人有的甚至手已經搭在了女孩子的腰上，一副很享受的樣子。就連姚巍山也不例外，他雖然沒有上下其手，但也和身邊的那個女孩子貼得很緊。

在這種場合下，傅華無法回避，那反而顯得放不開，索性就讓她靠著算了。傅華在感受她暖暖的體溫之外，意外的發現許彤彤的身體在微微的顫抖，沒想到她居然有些緊張。

這時，尹章對在座的幾個女孩子說：「我跟你們說，這幾位都是公司的貴客，你們今天一定要照顧好他們。」

李衛高身邊的那個女孩子答應了一聲，說：「尹導演，您不用說這麼多了，我們知道怎麼做的。」一說著，身子越發靠緊了李衛高，高聳的部位磨蹭著李衛高的身子，讓李衛高興奮地滿面紅光。

傅華看這女孩子的做派，知道她一定見慣了這種場面，不禁心想，現在的女孩子還真是開放啊。

一喝起酒來，酒桌就變得熱鬧了起來，幾個女孩子不停地向身邊的男伴鬧騰著喝酒，在這些如花似玉的美人面前，男人是沒有抵抗力的，不一會兒，李衛高和姚巍山、尹章就喝得面紅耳赤起來。

反倒是許彤彤有些放不開的樣子，她雖然靠在傅華身上，卻沒有向傅華鬧酒，因而傅華是酒桌上喝得最少的一個。

尹章注意到了這一點，對許彤彤說：「彤彤啊，你是不是對傅先生有什麼不滿啊？」

許彤彤乾笑了一下，說：「沒有啊，尹導演。」

尹章質問：「既然沒有的話，那你為什麼不主動勸傅先生喝酒呢？」

傅華不想讓尹章欺負許彤彤，就說：「尹導演誤會了，我昨晚喝得有點多，現在身體還沒恢復過來，所以才不讓彤彤小姐敬酒的。」

李衛高取笑說：「傅先生，你倒真是懂得憐香惜玉啊，就這麼會兒功夫就護上了啊？」

尹章在一旁笑說：「對啊，有句話叫只有酒才能解酒，傅先生想要儘快恢復不是嗎？那就應該多喝幾杯了。」

姚巍山幫腔說：「對對，這叫回魂酒，我深有體會，往往頭天喝得頭疼欲裂，第二天再上桌，幾杯酒下去一淘，人馬上就有精神了。」

尹章便鼓動說：「那彤彤你還等什麼，還不趕緊給傅先生倒滿酒？」

傅華心知這些人都因為他獨占了許彤彤，而對他心生妒意，所以目標一致的都衝著他來了。

許彤彤趕忙給傅華添上了酒，然後端起酒杯對傅華說：「傅先生，給我個面子，喝了這杯酒吧。」

傅華看了看許彤彤，又看了看尹章，故意埋怨說：「尹導演，你這可不對啊，你這不是拿彤彤小姐當槍使嗎？要喝酒，你衝著我來啊。來，尹導演，我們倆喝一個。」

傅華想把矛頭轉向尹章，好讓許彤彤躲過這杯酒。但是尹章卻不上他的當，笑了笑說：「誒，傅先生，一碼歸一碼，彤彤小姐的酒是你們倆的事，扯不上我的。你要我喝也行，先把你們倆的酒帳算清了再說。」

李衛高打趣說：「對對，尹導演說得很對，一碼歸一碼。傅先生，今晚可是你欽點彤彤小姐陪你的，難不成這麼點面子你都不給彤彤小姐啊？」

傅華猶豫地說：「非得喝啊？」

李衛高說：「那還用說嗎，你不喝，我們是不會答應的。」

那些女孩子們也幫著起鬨：「是啊，我們不答應，傅先生，你還是趕緊喝了吧。」

傅華看這個場面不喝不行了，只好端起酒杯，和許彤彤碰了一下杯子，說：「看來這一杯我們是躲不過了，還是喝吧。」

兩人就要端起酒杯把酒喝掉，這時尹章喊了一聲：「等一等。」

傅華愣了一下，說：「尹導演，我們都要喝了，你還想幹什麼啊？」

尹章曖昧的說：「這酒不能這麼喝，這麼喝有什麼意思啊？必須給你們加點料才刺激，大家說，讓他們喝個交杯酒怎麼樣啊？」

酒桌上又是一片贊同聲，傅華尷尬地說：「尹導演，你這可有點超過了，我和彤彤小姐才剛認識，喝什麼交杯酒啊？」

尹章卻說：「話可不能這麼說，你們雖然剛認識，但是今天說好了是一男一女成對的，喝交杯酒有增進感情的作用，一開始不熟悉，喝過交杯酒也就熟悉了。」

李衛高附和說：「傅先生，你不要這麼認真，又不是喝過酒就讓你們入洞房，這就是湊個酒興，讓大家嗨一下而已嘛。來來，趕緊喝吧。」

李衛高說著，就把兩人的胳膊擺出要喝交杯酒的樣子。

傅華看了眼許彤彤，許彤彤的臉微微泛紅，有些羞意。不過，她還是先傅華一步喝起酒來了。看許彤彤這個樣子，傅華也就不再遲疑，兩人就咕咚咕咚的將酒喝完了。

傅華放下杯子，說：「這下你們滿意了吧？」

尹章批評說：「傅先生，我就看不慣你這個樣子，明明是你占了彤彤小姐的便宜，還要故意做出一副受了莫大委屈的樣子，這讓彤彤小姐情何以堪啊，你怎麼也得再回敬一杯，安慰一下彤彤小姐受傷的心靈。」

傅華的臉色不由得變得難看起來，這才意識到這個尹章是酒場上的老油條，總能找到題目讓你喝酒。如果隨著尹章這個節奏下去，今晚他和許彤彤一定要大醉收場了。

傅華就有點惱火，看著尹章說：「尹導演，如果你覺得今晚的酒喝得還不足，我可以奉陪，別拿彤彤小姐……」

「誒，你這是怎麼說話的?!」姚巍山看傅華有幾分要和尹章翻臉的架勢，趕忙打斷傅華的話。

傅華知道姚巍山不敢得罪尹章，怕尹章因為惱羞成怒，反悔幫海川市拍形象宣傳片，於是自我解嘲的說：「看來我昨晚的酒還沒完全醒啊。」

李衛高也不想讓兩人鬧到不可收拾的地步，便打圓場說：「酒這個東西還是適量為好，傅先生既然還在酒醉中，就不要再勸他喝了。」

李衛高這麼說了，尹章就不好再把目標對準傅華，但是他心中的邪火還沒發作出來，就把目標轉向了許彤彤，說：「傅先生既然還沒醒酒，我們就不強人所難了。彤彤啊，在公司，我是最看好你的，只要公司輕輕對你調教一下，一旦得到出頭的機會，你馬上就會大紅大紫的。」

許彤彤輕笑了一下，說：「謝謝尹導演這麼看得起我。」

尹章暗示說：「謝謝不是光用嘴說，要有具體的行動。我跟你說，我最近在籌備一部大片，片中的第二女主角我還沒決定，我覺得你很合適，不過這就要看你的表現了。」

傅華聽得出來，尹章這是在拿空話騙許彤彤，什麼看她的表現，根本就是扯淡。許彤彤如果真的想得到這個角色，恐怕一杯酒是解決不了問題的，她要付出的將不僅僅是這麼小的代價而已。

但是傅華無法阻止尹章，許彤彤雖然年輕，卻是成年人了，對此應該有自己的判斷，要不要上尹章這個當，她完全可以自己選擇。再說，他和許彤彤只是萍水相逢，實在沒必要非要擋在許彤彤面前做救美的英雄，就決定冷眼旁觀。

許彤彤遲疑了一下，拿著酒杯的手微微的抖動了一下，似乎無法下定決心要不要喝這杯酒。

尹章看許彤彤這個樣子，就冷笑了一下說：「不就一杯酒嗎，又沒讓你幹別的，有必要這麼為難嗎？看來你根本就沒把我放在眼中啊。」

許彤彤的手又抖了一下，酒也因此撒出了一點，不過她也似乎下定了決心，表情有點決絕的端起了酒杯，強自對尹章做出了一副笑臉，說：「尹導演您別誤會，我並不是不想跟您學習，而是沒想到您會這麼看重我，這讓我的心情一時間有點承受不了的感覺。」

聽許彤彤這麼說，傅華就明白許彤彤經過一番天人交戰之後，終於還是選擇了妥協。

這杯酒的妥協，代表著許彤彤防衛線的崩塌，為了得到尹章的眷顧，許彤彤答應了他喝一杯酒的第一個要求，那下面第二個要求呢，答應還是不答應？然而不答應的話，也就意味著第一個要求所付出的東西全部白費了；但是答應第二個要求的話，那第三個要求要不要答應呢？如此類推下去，許彤彤終會被尹章予取予求的。

傅華心中未免感到惋惜，一個好女孩可能就這麼被毀掉了。但是這也是時下娛樂圈常見的一種做法，多少女孩為了出名，傍老闆傍明星傍導演，許彤彤這麼做也在常理中。

尹章臉上露出了得逞的笑容，高興地說：「我果然沒看錯人，彤彤，來，我們喝酒。」

許彤彤就和尹章碰了杯，然後將酒一口給喝了。

尹章大大讚美許彤彤說：「爽快，比起那些不過喝杯酒還推三阻四的人強太多了。」

傅華聽出尹章這是在借許彤彤說他，就有些忿忿，不過看到姚巍山警告他不要鬧事的眼神，只好把心中的怒火使勁地往下壓，再次忍氣吞聲。

幸好許彤彤知道傅華是為她而受的委屈，用歉意的眼神看著他，這才讓傅華好受了些。

這時，傅華的手機響了起來，是馮葵的號碼，正好他也不想待在包廂裏看尹章那副醜陋的猴臉，就藉口說要接電話走出了包廂。

在外面僻靜的角落，傅華接通了電話，說：「小葵啊，你這時候打電話來真是太好了，我正看不慣酒桌上那些傢伙的嘴臉呢。」

馮葵不禁問道：「你這是怎麼了，是不是誰給你氣受了？」

傅華發牢騷說：「也沒什麼啦，就是一群娛樂圈的小人，別去管他了。你找我有什麼事啊？」

馮葵聽了，開玩笑說：「娛樂圈的？不錯啊，老公，你現在都混娛樂圈了，是不是要包養哪個小明星啊？會不會哪一天我翻開報紙的娛樂版，頭條就是你和某某明星鬧緋聞的報導啊？」

傅華不屑地說：「什麼小明星啊？身為你的老公，我怎麼也得包養個大明星才行啊，就像章子怡那樣的才可以。」

馮葵笑說：「志向還挺遠大的嘛，不過最近章子怡有些不順，發生了一些負面事件。」

傅華說：「想不到你對娛樂圈還挺熟悉的。」

馮葵笑了笑說：「娛樂圈實際上並沒有什麼特別的，那也不過是一門生意罷了，明星們鬧這鬧那的，不過是為了增加知名度，多賺點銀子罷了。」

傅華大嘆說：「老婆，我真是越來越佩服你了，你一語道破了娛樂圈的真諦啊。」

馮葵笑罵說：「別拍馬屁了，你先告訴我，你和哪個小人在一起喝酒啊，看看我認不認識他。」

傅華說：「說出名字你肯定知道的，大導演尹章，認識吧？」

「是那個鄉巴佬啊，什麼狗屁大導演啊?!」馮葵嗤了聲說：「我跟你說，你離這傢伙遠點，這個人是有一點才氣，但人品太差，成天拿著導演的名頭四處騙小女生上床。最差勁的是，睡過人家之後，往往給一點小角色就把人給打發了。因為他長得像猴子，許多人私底下都把他叫做流氓猴。」

傅華忍俊不住的說：「這名稱還真恰當。」

「誒，你先別笑，」馮葵狐疑地說：「你說他生氣，你老實說，是不是他和你在爭某個女人啊？」

傅華趕忙否認說：「沒有，我現在有你和老大，不知道有多幸福，又怎麼會去和一個流氓猴爭什麼女人呢？」

馮葵不相信地地說：「別跟我耍花腔，你當我不知道你們男人的心理啊？家裏的女人就是再好，外面的野花，男人也是會多看幾眼的。你的工作和尹章又沒有什麼聯繫，如果不是因為女人，他會生你什麼氣啊？」

傅華只好坦承說：「你的心思還真是縝密，是的，的確是為了一個女人，不過倒不是我要去和尹章爭她，而是我看不慣尹章這種利用導演的名頭欺壓她們的做法。」

馮葵聽了，說：「尹章這傢伙老是惡性不改，你告訴我這個被欺負的女孩叫什麼名字？」

傅華納悶說：「你問這個幹什麼啊，又與你無關。」

馮葵豪氣地說：「你把名字告訴我就是了，我會幫你逗一下這個尹章的，也算幫你出口惡氣。」

傅華便回說：「是一個叫做許彤彤的新人，長得有點像剛出道的鞏俐，是他們公司簽的這批人當中最出色的一個。我出來這會兒，尹章正猛灌她的酒呢。」

馮葵好奇地說：「有點像鞏俐，那就是個美人胚子了？好，你等著看尹章的好戲吧。」

傅華不禁失笑說：「誒，你光想著這碼事，還沒跟我說你找我究竟有什麼事呢？」

馮葵說：「那件事等回頭再和你說，我先耍了尹章這一把再說。」

傅華知道馮葵向來玩心很大，就笑笑說：「那行，我就先回去，回頭我們再聊。」

傅華回到酒宴上，一群人正喝得熱鬧，根本就沒人理會傅華回來了。不知道許彤彤又喝了多少酒，已經是滿臉通紅，有些微醺了，而李衛高還端著酒杯要她喝呢。

許彤彤感覺到自己喝得有點多了，就推辭說：「李先生，我真的是有點喝多了，這杯酒怎麼也不能再喝了。」

李衛高不滿地說：「這可不行啊，彤彤小姐，尹導演的酒你能喝，我的酒你就不能喝，你這可是看不起我啊。」

尹章也有心要把許彤彤灌醉，就在一旁敲邊鼓說：「彤彤啊，我跟你說，李先生這杯酒你一定得喝，你可能還不知道李先生是什麼人，李先生可是道行高深的人，在我們娛樂圈可是大大有名啊！」又轉頭對其他的女孩子說：「楊莉莉和趙欣欣你們知道嗎？」

其餘的女孩子聽了說：「這誰不知道啊，她可是大明星耶。」

尹章語帶玄機地說：「我跟你們透個底，這兩位之所以能成為大明星，與你們面前這位李先生的指點可是分不開的，所以彤彤啊，你想成為大明星嗎？那李先生這杯酒就必須要喝了。」

李衛高很配合的打量了一下許彤彤，然後稱讚說：「彤彤小姐的條件很不錯，很有成為大明星的潛力。」

尹章聽了立即說：「聽到沒有?!彤彤，李先生覺得你很不錯，你還不趕緊喝了這杯酒，好讓李先生指點你一下，除非你不想成為大明星了。」

許彤彤有些無奈的舉杯和李衛高碰了一下，然後強笑著說：「以後還請李先生多指點，我先乾為敬了。」就咕咚咕咚把一杯酒給喝掉了。

這杯酒下肚，她的臉變得更加紅了，眼神也有些迷離起來，看來差不多是喝茫了。

但是尹章似乎還不滿意，馬上又給許彤彤倒上酒，然後說：「彤彤啊，看來李先生說的一點都沒錯，你真是有成為大明星的潛力，來，乾了這杯，預祝你成為大明星。」

第二章

# 神鬼戲法

這小小的海川駐京辦還真是藏龍臥虎啊。
李衛高能夠在江湖上呼風喚雨，
靠的不是裝神弄鬼的戲法，也不是號稱靈驗的命理研究，
而是他一雙眼睛十分雪亮，知道什麼樣的人不能惹。
傅華就是那個他不能惹的人。

「還要喝啊?」許彤彤不勝酒力地說。

「當然要喝了,這杯酒是預祝你成為大明星的耶,」尹章說:「而且,你喝了這杯酒,我和李先生都會為你成為大明星全力幫忙的。」

此時許彤彤的酒勁上來,失去了自制力,就豪放的說:「好,我喝。」端起酒杯就要再次把杯中酒喝下去。

傅華看不下去了,一把將許彤彤的酒杯奪了過來,啪地一聲將酒杯放到桌上,指著尹章罵道:「姓尹的,你夠了吧,你也算是個有頭有臉的人物,欺負一個剛出道的女孩子,你還要不要臉啊?」

尹章是國內頂尖的大導演,人們見了他都是畢恭畢敬的,這次他低聲下氣的請客,本來心裏就憋屈得很,但是李衛高是他老闆尊重的人,李衛高抬出老闆壓他,他沒辦法只能受著。傅華就不同了,傅華的身分僅僅是海川市駐京辦的主任,平常這種人物,他是不會拿正眼看的,今天把許彤彤讓給傅華,也只是看李衛高的面子。

尹章就站了起來,回嗆道:「姓傅的,我忍你很久了,你他媽算哪根蔥啊?我今天應酬你不過是看李先生的面子,沒想到你還給臉不要臉了。」

尹章注意到他指著傅華罵的時候,李衛高並沒有阻止,臉上還在偷笑,就知道李衛高也想看他罵傅華，膽子就越發大了起來，居然拿起面前的酒杯，順手就將杯中酒潑向傅華。

傅華坐在那裏，沒想到尹章居然會向他潑酒，等他注意到要躲閃已經來不及了，勉強將臉閃過，尹章的一杯酒就完全潑在了他的身上。

傅華本來就一肚子火，現在又吃了虧，還怎麼能坐得住，一下子站了起來，想衝過去打尹章。

姚巍山趕緊上去一把將傅華拉住，嚴厲的呵斥道：「傅華同志，你鬧夠了沒有？」

傅華火冒三丈地叫道：「不夠，我今天不教訓教訓他，我跟他姓。」

這時梁明也衝過來和姚巍山一起摁住傅華，勸道：「傅主任，你糊塗了嗎？今天這個場合也是你能鬧事的嗎？」

那邊李衛高也拉住了想要衝過來和傅華廝打的尹章，尹章不肯甘休地叫嚷著：「李先生，你放開我，今天我非要弄死這孫子不可。」

就在場面混亂到不可開交的地步時，一個女聲突然嬌聲說道：「老闆來電話了，老闆來電話了。」

在場的人都被這聲音弄得愣了一下，尹章先反應過來，對李衛高說：

「你趕緊放開我，我需要接這個電話，是黃董打電話找我。」

原來尹章擔心老闆黃易明打電話找他的時候，他會不小心錯過，所以特別下載了一個女聲的來電鈴音。

李衛高這才放開尹章，讓尹章去拿手機。

傅華這時也冷靜了下來，他知道這通電話肯定與馮葵有關，樂得在一旁看尹章出糗的樣子。姚巍山和梁明看他冷靜下來便放開了他。

尹章平靜了一下，這才接通電話，聲音明顯低了八度，輕聲地說：「黃董，您找我有事？」

「尹章，你個混蛋，」黃易明暴怒的聲音從手機裏傳了出來：「我告誡你多少次了，把你流氓的嘴臉給我收起來，不要再打公司新人的主意，你要我說多少遍你才能記住啊！」

尹章慌張地說：「不是黃董，我沒有欺負公司的新人，我只是按照您的吩咐，設宴接待李先生，順便帶了幾位公司的人出來，讓她們見見世面而已，沒有別的。」

「這麼說我還說錯你了？」黃易明冷笑一聲說：「尹章，你的膽子真是越來越大了，是不是覺得現在名頭大了，連我也不放在眼中啦？」

尹章身子顫抖了一下，戒慎恐懼地說：「我哪敢啊？黃董，我說的都是真的啊！」

黃易明冷笑一聲說：「你還敢給我嘴硬，你拼命灌許彤彤酒算是怎麼一回事啊？」

尹章再也站不住了，一屁股坐在椅子上，顫抖地說：「黃董，您是怎麼知道的？」

黃易明冷冷地說：「這麼說是真的了？」

尹章顫抖著聲音說：「對不起黃董，我今天多喝了幾杯，就有點把持不住自己了，我錯了，請您原諒我。」

黃易明生氣地說：「原諒你？你叫我怎麼原諒你啊？我可是說過的，這個許彤彤，公司準備要好好培養，告誡過你們這些混蛋給我離她遠點，怎麼，我的話你把它當成耳邊風了嗎？」

尹章急忙解釋說：「不是黃董，我哪敢啊？我今天不是喝多了點嗎？就忘乎所以了。請您原諒我，我保證下一次再也不敢了。」

黃易明冷笑一聲，說：「你還想有下一次啊？」

尹章惶恐的求饒說：「不想，絕對不想。您大人大量，就放過我這一

次吧。」

黃易明哼了聲說：「放不放過你，就要看我朋友的意思了。」

「您朋友？」尹章驚疑的問道：「是李先生嗎？」

「不是，你們桌上不是有位傅華傅先生？你把電話給他。」黃易明吩咐道。

「您是說姓傅的那傢伙？」尹章驚叫了一聲，隨即意識到這話有點冒犯黃易明，趕忙改口說：「是，是有一位傅華傅先生，我馬上請他聽電話。」

黃易明一開始教訓尹章的時候，李衛高這些人還不感到驚訝，等黃易明說要找傅華聽電話的時候，眾人都震驚的睜大了眼睛，說不出話來了。

尹章快步走到傅華身邊，恭敬的用雙手將手機遞給傅華，說：「傅先生，我們公司的黃董請您聽電話。」

傅華雖然和黃易明從來沒打過交道，卻也猜到這應該是馮葵玩出來的把戲，就接過電話，笑了笑說：「不好意思啊，黃董，我朋友這遊戲玩得大了點，居然把您給驚動了。」

黃易明客氣地說：「驚動這兩個字我當不起，您這位朋友能找我是看得起我，當年她的祖父可是幫了我很大的忙，我們倆家算是世交了。對不起啊，傅先生，我管教手下不嚴，讓尹章這個混蛋冒犯您了。」

傅華忙說：「您真是太客氣了，我和他不過是喝酒鬧了些小誤會而已，犯不著讓您替他道歉的。」

黃易明笑笑說：「還是要的。誒，傅先生，您這名字我聽著很耳熟啊，不知道有一位呂鑫呂先生，您認識嗎？」

傅華立即說：「我們認識。」

黃易明說：「這就難怪了，我和呂鑫是好朋友，呂鑫告訴我，他在北京認識了一位姓傅的朋友很不錯，說有機會讓我和您認識一下，但是一直沒遇到這個機會。這下可好，等我下次去北京，就讓您的這位朋友幫我們安排一下，到時候我們見個面。」

傅華對黃易明這個人多少有些耳聞，對他和呂鑫是好朋友一點也不奇怪。九七之前，香港娛樂圈被一些黑社會大老把控，還曾經發生過明星被人用槍逼著拍戲，甚至強拍裸照的事情發生。黃易明能在香港影視圈擁有一席之地，顯然沒有這些黑社會人士罩著是不可能的。

甚至有江湖傳言說黃易明本身就是一個黑社會老大，心狠手辣；呂鑫也算是香港的黑道，與黃易明交好也就很正常了。

這大概也是尹章這麼怕黃易明的原因了，他擔心惹惱黃易明的話，他這個流氓猴可就再也耍不了流氓了。

現在黃易明給了傅華這麼大的面子，傅華自然要有所回應，便說：「那是我的榮幸，這樣吧，下次您來北京，我和我的朋友設宴為您洗塵。」

黃易明高興地說：「那就一言為定了，我期待和您在北京的見面。行了，傅先生，你把電話給尹章，我有話交代他。」

傅華就把電話還給尹章，說：「黃董還有話對你說。」

尹章就把電話接了過去，諂笑著說：「黃董，您還有什麼吩咐？」

黃易明說：「今天算你運氣好，我這位朋友大人大量，不想太和你計較，不過，你屢次把我的話當耳邊風，我卻不能不給你長長記性。這樣，你自己扇自己十個耳光，然後向傅先生鞠躬道歉，今天的事情就算過去了。」說完就扣了電話。

尹章拿著電話愣在那裏，要他打自己耳光，面子上很下不來；可是不打，黃易明的心狠手辣可是出了名的，他如果不聽，將來受到的懲罰恐怕不僅僅是十個耳光而已。

傅華看尹章發著愣，他也不想太羞辱尹章，畢竟海川還需要尹章操刀製作宣傳片，就說：「行了尹導演，你不要把黃董這幾句話太當真了，頂多下次我見到黃董的時候，跟他說你已經照他的吩咐做了就是了。」

傅華這麼說是想放尹章一馬的意思，但是尹章心裏卻不是這麼想，他覺得傅華絕不是這麼好說話的人，這傢伙陰險的很，為了他多灌許彤彤幾杯酒，就不聲不響的把黃易明給搬了出來，讓黃易明給他好一頓教訓。如果這傢伙回頭再去向黃易明告狀，那豈不是慘了。

為了杜絕後患，這十個耳光還是打了比較實在。尹章苦笑一下說：「傅先生，我知道您這是一番好意，不過黃董這個人向來對我們要求很嚴格，他的吩咐我是不敢違背的。」

尹章說著，收起了手機，就在傅華面前開始扇起自己的耳光，每個耳光還打得又重又狠，聲音十分響亮。

傅華看尹章的臉馬上就腫了起來，趕忙攔阻說：「好了尹導演，我們都看見你打了，這樣就可以了。」

姚巍山也勸說：「是啊，尹導演，我們在場的人都可以幫你作證，你就不要再打了。」

李衛高則是坐在一旁冷眼旁觀，並沒有出聲阻止。

剛才黃易明打電話來沒有和他講話，讓他很沒面子。但是他知道，同樣都是黃易明的朋友，他和傅華卻是性質完全不同。黃易明對傅華是真正的尊重，對他的尊重，則是多流於表面，他不過是黃易明用來管束公司人員的一種工具而已。

但是李衛高不敢因此去生黃易明的氣，他把受到的羞辱都算在了尹章的頭上，暗自責怪尹章不該去招惹傅華的，他來之前都講明了今晚要招待好傅華的，尹章卻還是跳出來和傅華做對，那就是尹章咎由自取了，因此他十分樂見尹章自己打自己。

李衛高事先並不知道傅華能攀上黃易明，他想要結好傅華，是基於他從自己的消息管道瞭解到傅華這個海川市駐京辦主任是一個厲害角色，在北京能力很大，加上他知道傅華識破了他的伎倆，擔心傅華拆穿他，就存了和傅華交好的念頭。

偏偏傅華拒絕了他，李衛高覺得是傅華不識抬舉，所以存了捉弄一下傅華的念頭，便故意在尹章面前做出尊重傅華的樣子，讓尹章把公司出色的女孩子送過來陪傅華。

其實李衛高不懷好意，尹章和姚巍山都是身分地位高於傅華的人，又都是好色的男人，看許彤彤這麼一隻天鵝被傅華這隻癩蛤蟆給占了，當然會憤憤不平，也必然會對傅華心生不滿，去找傅華的麻煩也就不意外了。

果然幾杯酒下肚之後，尹章就忍不住跳出來挑釁傅華了。李衛高看到這情形心中暗樂，還幫著尹章在一旁敲著邊鼓捉弄傅華。這也讓尹章的氣焰越發囂張，鬧到和傅華直接衝突了起來。

李衛高心中很高興，甚至還有些幸災樂禍。按照他的推想，傅華不但會吃尹章的虧，還會惹到姚巍山，姚巍山正有求於尹章去拍海川市的形象宣傳片，又怎麼能夠容忍手下部屬去得罪尹章呢？如果他再在旁邊煽風點火一下的話，傅華受個處分是逃不掉的。

但就在此時，形勢急轉直下，黃易明居然打電話來嚴厲訓斥尹章，還讓尹章向傅華道歉，這時他才發現傅華拒絕他的合作，並不是不識抬舉，而是對他根本就看不上眼。

是啊，有一個能夠讓黃易明接到電話都覺得受了抬舉的朋友的人，又怎麼會看上他這樣一個靠耍戲法矇人的江湖騙子呢？

還有，傅華心機也很深，他之所以敢在酒桌上直接向尹章叫板，就是因為那通電話讓他確定可以吃定尹章，才敢當著姚巍山的面直接罵尹章的。

這傢伙算是謀定而後動型的，心思的縝密讓李衛高有些心驚，會不會傅華早已看出今晚他這場安排的用心了呢？

這還真是很難說。不過有一點李衛高是確定的，那就是傅華不是他惹得起的人物。很可能傅華和黃易明這些人有著密切的往來，因為那個叫呂鑫的對傅華也很推崇。呂鑫是何方神聖李衛高不得而知，但是能夠被黃易明稱作為朋友的，一定不是泛泛之輩。

這小小的海川駐京辦還真是藏龍臥虎啊。李衛高行走多年，能夠在江湖上呼風喚雨，靠的不是裝神弄鬼的戲法，也不是號稱靈驗的命理研究，而是他一雙眼睛十分雪亮，知道什麼樣的人能騙，什麼樣的人不能惹。傅華就是那個他不能惹的人。

尹章並沒有聽從眾人的勸說，不再打自己的耳光，反而說：「各位，你們別勸我了，我知道你們是為我好，但是我們公司向來紀律嚴明，黃董既然給了我處分，我就必須要執行。不然的話，我無法向黃董交代。」

尹章話都說到這份上了，眾人也就不好再阻止，只好看著尹章把十個耳光給打完。

尹章打得還真是用力，這十個耳光打完之後，不再是尖嘴猴腮，模樣變成了孫猴子的師弟：豬八戒了。

打完後，尹章衝著傅華深深鞠了一躬，說：「對不起，傅先生，是我有眼不識泰山，冒犯了您，請您原諒我。」

傅華趕忙對尹章說：「尹導演，沒事，這是黃董小題大做了，其實我們只是鬧了點小誤會而已，大家就此揭過了。」

尹章心裏氣說：你倒是小誤會了，我卻實實在在的打了自己十個耳光，要是傳出去，我在娛樂圈還能抬得起頭來嗎？不過他知道他惹不起傅華，只好苦笑著說：「謝謝傅先生大人大量。」

傅華看著尹章的臉像豬頭一樣，差點笑了出來，強忍著笑說：「尹導演，就不用這麼客氣了。我們繼續。」

尹章就回到座位上。

經過這麼一鬧，酒宴上的氣氛便冷清了很多。尹章是請客的主人，他現在繼續領著喝酒也不是，不繼續領著喝酒也不是，有點不知道該怎麼辦了。

幸好姚巍山知道他很尷尬，幫尹章解圍說：「尹導演，時間不早了，大家酒也喝得差不多了，你收尾算啦。」

尹章卻不敢自作主張，他小心地看了傅華一眼，陪笑著說：「傅先生，您覺得呢？」

傅華笑笑說：「大家已經盡興了，尹導演就收尾好了。」

尹章這才舉起杯收了尾。

酒宴結束後，傅華走向駐京辦的車子，開了車門想要請姚巍山、梁明和李衛高上車，沒想到尹章卻說：「傅先生，李先生他們坐我的車好了，我送他們回去。」

傅華不明白尹章是什麼意思，愣了一下說：「不用了，我送他們就好了。」

尹章笑了笑說：「要的，您不是還有別的人要照顧嗎？」說著，就把許彤彤推到傅華面前，說：「就麻煩您送彤彤小姐回去吧。」

尹章這是要討好傅華的意思，他覺得傅華今晚驚動黃易明出面，為的就是許彤彤，既然是這樣，他何不做個順水人情算了？

傅華沒想到尹章會這麼想，趕忙把許彤彤往外推，說：「尹導演，你誤會了，我可沒這個意思。」

尹章心說：你還裝什麼啊，如果沒這個意思，犯得上找黃易明嗎？便又把許彤彤往傅華懷裏一推，說：「我也沒別的意思，只是讓您把她送回去而已，彤彤小姐做了您一晚上的女伴，這個義務您也該盡一下啊。」

許彤彤這時候不知道是真的醉了還是裝醉，被尹章這麼一推，就勢軟倒在傅華的懷裏，傅華不得不趕忙去攙扶她，尹章趁機就退到了他的車旁，邊喊著：「彤彤小姐就麻煩您了。」一邊就讓司機發動車子離開了。

李衛高和姚巍山這些人也算是有眼色的，早就上了尹章的車，傅華和許彤彤就被撂在了酒店的門口。

傅華看許彤彤滿臉通紅，知道她今晚的酒確實喝得不少，也不放心把她留在這裏，只好扶著許彤彤上了車，給她繫好安全帶，這才發動車子，邊問許彤彤道：「彤彤小姐，你住哪裏，我送你回去。」

許彤彤裝糊塗地說：「我住哪裏啊？我也想不起來我住哪裏了，反正你帶我走就是了，你帶我去哪裏，我就去哪裏。」

傅華馬上就明白許彤彤並不是真的醉了，她剛才的醉態不過是裝出來的，不滿地說：「彤彤小姐，請你自重一點，我對你並沒有那個意思。」

許彤彤轉頭看了看傅華，譏刺地說：「讓我自重？你們這些男人不就想我不自重嗎？你沒那個意思，去和尹章鬥這個氣幹嘛啊？好了傅先生，我知道你們對我打的究竟是什麼主意，不用那麼假惺惺了，反正要進這一行的時候，我就已經做好了要犧牲貞操的打算了；何況，我的身子獻給你，也好過被尹章這個流氓猴給占了，碰上你，我已經感到很幸運了，所以不用廢話，帶我走就是了，今晚我是你的了。」

傅華有點哭笑不得的感覺，他以為他挺身而出是保護許彤彤，沒想到許彤彤根本就做了要獻身於尹章的準備，他今晚的出頭根本就毫無意義。

傅華正色看著許彤彤說：「彤彤小姐，我想你是誤會我了。既然你並沒有真醉，現在請你下車，自己搭車回去吧。」

許彤彤愣了一下，說：「你真的不想要我？」

傅華解釋：「我今天出聲，只不過是看不慣尹章的那種流氓作風，並不是真的對你有什麼想法。」

許彤彤反問道：「我很差嗎？讓你看不上眼嗎？我跟你說，我也不是一個隨便的女人，我到現在還是處子之身的。」

傅華搖搖頭說：「你的樣子在女人當中算是上上之選，但是這並不代表我非要你不可；我也不喜歡一個帶有某種目的來和我親近的女人，所以你還是自行離開，別鬧得大家都不愉快。」

許彤彤用責備的語氣說：「你知道你這是害了我嗎？你既然對我沒這個意思，就別瞎攙和啊。」

傅華有點莫名其妙，詫異地道：「我害了你，我怎麼害了你啊？」

「尹章如果知道你並沒有真的要罩我的意思，那他還不知道會怎麼報復我呢！公司那幫女孩子看到我被你帶走，結果卻自己灰溜溜的回去，就會明白我沒有被你看中，背後不知道會怎麼笑話我。所以不行，你今天非帶我走不可。」許彤彤堅持著說。

傅華大感無奈地道：「你這是有點強詞奪理了。」

許彤彤卻說：「反正我就是賴也得賴上你，要不然我在公司就沒法混下去了。」

就在兩人僵持不下的時候，傅華的手機響了起來，是馮葵打來的。

馮葵問：「怎麼樣啊，老公，尹章的氣出了？」

傅華苦笑了一下，哀嘆說：「尹章的氣倒是出了，不過我卻被人給賴上啦，現在我才知道好人不能隨便做的。」

馮葵笑說：「怎麼回事啊？誰賴上你了？那個許彤彤？」

傅華無奈地說：「是啊，她說我那麼羞辱了尹章，如果不罩著她，尹章會對她報復的，所以她非要跟我走不可。」

馮葵笑了起來，有趣地說：「這說明老公你挺有魅力的嘛，既然這樣，索性你就收了她好了。」

傅華叫說：「你當我什麼人啊！都是你，非要替我強出頭，結果招來這樣一個麻煩，你說我現在該怎麼辦?!」

馮葵想了一下，說：「要不這樣，你把她帶到我這裏來好了，我看看究竟是什麼樣的女人能把你搞得五迷三道的。」

傅華趕忙澄清說：「誰五迷三道了，我只是看不過去尹章欺負她。」

馮葵笑說：「好好，你大英雄，路見不平、拔刀相助行了吧？你到底送不送她過來啊，不送的話，這件事我可不管了。」

傅華看許彤彤打定主意不下車的態勢，想想把許彤彤送到馮葵那裏，倒不失為是個解決問題的辦法，就說：「行，我一會兒就過去。」

傅華就啟動車子，直奔馮葵的住處而去。

許彤彤在一旁偷看著傅華，怯怯的說：「你真打算送我去你這位女朋友那裏啊？」

傅華無奈地說：「要不怎麼辦？你不去她那裏，我就送你回去好了。」

許彤彤趕忙說：「那不行，反正今天我是不能就這麼回去的。」

傅華就不再說話了，悶著頭開車。許彤彤則是臉色不斷的變換著，顯然心裏也在為去不去見傅華的女朋友而權衡著。但是直到車子到了馮葵家樓下，她也沒開口說讓傅華送她回去。

傅華就帶著許彤彤去了馮葵家，一開門，馮葵就用審視的眼光上下打量著許彤彤，直看得許彤彤的臉紅得更加厲害了。

「果然是個美人胚子，難怪敢來糾纏我家老公，進來吧。」

許彤彤驚訝的看著傅華和馮葵，說：「你們不會真的是兩口子？」

馮葵笑說：「當然不是了，真的是的話，我還不把你一腳給踹出去啊！你到底進不進來啊？」

許彤彤這才進了屋。進門後，馮葵就命令許彤彤說：「浴室在那邊，你先去把你這一身的酒氣給我洗掉。」

許彤彤就進浴室洗澡去了，傅華見沒他的事了，便對馮葵說：「我把她交給你了，我回去啦。」

馮葵打趣說：「你不留下來啊？留下來我們倆一起侍候你啊，來個左擁右抱多好啊。」

傅華笑罵道：「滾一邊去。誒，你怎麼會和黃易明扯上關係啊？」

馮葵娓娓說道：「那是我爺爺那時候的事了，他們黃家和我們馮家本有些交情，不過因為選擇道路的不同，後來就分道揚鑣了。九七的時候，香港人心不穩，我爺爺為了穩定人心，就讓人帶話給黃易明，說只要黃易明肯留在香港，今後不再做違法亂紀的事，就保證他們的財產安全；如果他們肯來內地發展，這邊是無上歡迎的。黃易明於是選擇了留在香港，後來還北上開了公司，對穩定香港的局面起了不少的作用。」

傅華聽了，不禁讚嘆說：「你爺爺真是高明啊，看到這種情形，一定有很多香港人會想：政府居然能夠容忍像黃易明這樣的人，肯定也會容忍他們的。這有點像漢高祖封雍齒為侯以穩定人心之妙啊。」

傅華說的漢高祖封賞雍齒，是發生在劉邦建立漢朝時的事。雍齒是秦末漢初泗水郡沛縣人。原為沛縣世族。西元前二〇九年，劉邦反秦稱沛公，雍齒隨從。但翌年，在劉邦困難的時候，雍齒獻出豐縣，投靠了魏國周市，劉邦大怒，數攻豐邑而不下，只好到薛投奔項梁，劉邦因此對雍齒非常痛恨。後雍齒屬趙，再降劉邦。

西元前二〇二年，劉邦恩賞功臣，聽說有人不服，覺得封賞不公，便問計於張良，張良建議他，恨誰就厚賞誰，這樣會讓所有人都有得賞的希望。劉邦於是封雍齒為什方侯，朝中人心大定。

馮葵笑說：「我爺爺當我就是這麼說的，他說既然漢高祖都有封賞仇人的胸懷，我們也該有這種雅量。」

傅華聽了說：「難怪他說你爺爺當初幫了他們大忙。」

馮葵點點頭說：「這些人雖然是道上人物，但是很重情義，黃易明後來對我們馮家頗多尊重，我爺爺在的時候，他每次來北京，一定會來看望我爺爺，我也是那時候才認識他的。」

傅華認同地說：「他們這些人的確是這樣的。誒，忘記問你了，你那時候打電話給我，是想說什麼啊？」

馮葵說：「也不是什麼不得了的事啦，就是想告訴你，我可能查到那個綁架你的人了，只是還不能很確定，是在秘密部門核心崗位上一位姓齊的官員。我跟你說，老公，我可是費了很大的力氣，把喬玉甄這幾年所做的事一一理順，才查到這傢伙的蛛絲馬跡的。」

傅華臉色大變，緊張地看著馮葵說：「小葵，你怎麼還在查這件事啊？我不是對你說過，這件事情已經結束了嗎？」

馮葵一副不在意的樣子，說：「你這麼害怕幹什麼啊？只要能把他找出來，我就有辦法對付他，他不敢再對你怎麼樣的。」

傅華面色嚴肅地說：「你怎麼就不明白呢？我是怕他對我怎麼樣嗎？我是擔心他對你不利。我們在明他在暗，而且手裏掌握著一股強大的力量，萬一他要對付你，後果很難想像。小葵，收手吧，你要知道現在的馮家可不是當年那個馮家了。」

馮葵絲毫不懼地說：「那馮家的人也不能被人小覷，如果隨便什麼人都敢欺上門來，那馮家還有什麼顏面可言?!傅華，馮家的人可以被打倒，但是絕對不會被人嚇倒的。」

傅華憂心忡忡地說：「我不管那些，馮家的顏面對我來說根本就沒意義，我在乎的是你的安危。你沒和那傢伙交過手你不知道，那傢伙做事絕對是不擇手段的；如果他感到被威脅了，肯定會對你下手的，絕不會因為你是馮家的人就會放過你。」

馮葵仍然傲氣地說：「我不用他放過我，我還不想放過他呢。」

傅華臉色沉了下來，口氣嚴厲的說道：「小葵，你究竟拿我的話當不當回事啊？」

馮葵看傅華緊張的樣子，趕緊陪笑說：「好，我聽你的話就是了。你真是我的剋星啊，你一板起臉來，我的心都跟著糾結起來了。」

傅華教訓說：「最好是這樣，你要知道你面對的對手是很凶殘的，我絕對不能讓他傷害到你。再說，事情都已經解決了，你不要為了爭強好勝去和他較這個勁，沒意義。」

馮葵膩進傅華的懷裏，撒嬌說：「好了嘛，老公，別對我瞪眼睛了，我知道你是為我好，什麼都聽你的還不行嗎？」

傅華抱緊了馮葵的身子，動情地說：「你千萬不能有什麼閃失，要不然我會歉疚一輩子的。」

馮葵看著傅華的眼睛說：「我對你就這麼重要嗎？」

傅華點點頭，說：「比你想像的還要重要。」

傅華確實意識到他越來越難以割捨對馮葵的這份感情，某種程度上，甚至超過了他對鄭莉的感情。現在他對鄭莉也不是沒有愛了，但是其中更多的是一種責任感，是夫妻相守一生的承諾，而馮葵卻是那個真正讓他感到激情澎湃的女人。

對這種狀況的出現，傅華的心情感到很矛盾，一方面他覺得這是不應該的，這與他的道德理念相衝突；但是另一方面，他又難以割捨這兩個女人中的任何一個，割捨任何一方，他都覺得難以承受。

馮葵對傅華的表白十分感動，鄭重的對傅華說：「你放心，為了你，我會珍惜自己的，這件事我再也不去查了。」

這時浴室的門打開了，許彤彤穿著一身浴袍走了出來，她的臉紅撲撲的，不過不是酒醉的那種紅，而是剛洗完澡被熱水蒸騰出來的那種紅潤，她本來就是個美人，這下子顯得更嬌豔了。

馮葵不禁開玩笑說：「這小妞的模樣真是我見猶憐啊，老公，今晚你就別走了，留下來辦了她得了。」

聽馮葵這麼說，許彤彤的臉越發地紅了。

她原本賴上傅華，是因為借酒壯膽，加上看到尹章都要給傅華道歉，便知道傅華是個比尹章還更加靠得住的靠山。她是個聰明的女人，曉得想要在娛樂圈混出名堂來，沒人力捧肯定是不行的；加上傅華一表人才，她也有些心動，所以乾脆豁出去，非要賴著傅華不可。

現在熱水澡洗完，酒意去了大半，何況還有一個自稱是傅華老婆的女人在一旁，臉皮自然更薄了，站在那裏扭扭捏捏的不好意思起來。

馮葵促狹的說：「妹妹，別磨蹭了，你不是想攀上我老公嗎？現在我給你機會了，還不趕快？」

傅華白了馮葵一眼，知道馮葵不過是要弄許彤彤罷了，就說：「好了，你就別逗她了，今晚她就留在你這兒過夜，明天你安排個車子把她送回公司。我回去啦。」

馮葵卻還不放過傅華，說：「真的捨得就這麼走嗎？」

傅華嗤了聲說：「好了，別開這種玩笑了，時間也不早了，我要趕緊回家啦。」

馮葵這才笑說：「行，人我會給你照顧好的，你走吧。」

馮葵往外送他時，許彤彤在後面說：「傅先生，今晚謝謝你了。請問我還能見到你嗎？」

許彤彤雖然看出她和傅華是完全沒戲的，但她還是想和傅華建立起某種聯繫，像傅華這種有著雄厚背景的人總是有用的，就算成不了情人，交個朋友也好。

傅華回頭看了許彤彤一眼，他能看出這個女人究竟在想什麼，老實說，他不太喜歡這個女孩，覺得她太有心機了。不過，要想在娛樂圈裏混出個名堂來，沒有一點心機是不行的。有太多懷抱著明星夢的年輕女孩湧進娛樂圈，然而能夠真正成為大明星的，也就是寥寥幾個人而已。許彤彤不惜放下尊嚴，也是對這個圈子的妥協；畢竟適者才能生存，也許未來她真的能在娛樂圈出人頭地也不一定。

傅華心想也沒必要去苛責許彤彤什麼，就笑笑說：「不客氣，你今晚喝了不少酒，早點休息吧。」

回到家時，鄭莉還沒休息，看他渾身都是酒味，眉頭不禁皺了起來，埋怨道：「你身上怎麼這麼大的酒氣？」

傅華解釋說：「朋友鬧了一下酒，不小心把酒灑到我的身上。你怎麼還沒休息啊？」

從米蘭回來後，鄭莉和傅華的關係改善了很多，雖然她並沒有把設計工作都放下來，但是已經減少工作量了，也減少許多不必要的應酬，留在家中的時間明顯增多。

鄭莉說：「我接到邀請，要我參加今年的國際時裝設計大賽，我構思了一整天的設計草圖，也沒想出個令我滿意的，反而把我給鬧失眠了。」

傅華聽了，聳聳肩說：「這個我可幫不上忙了，你還是放鬆一下，早點休息，也許休息好了，思路就來了。」

鄭莉搖頭說：「不行，我這個人事情不做好，就放鬆不下來，你先睡吧，我再想一會兒。」

傅華了解鄭莉的個性，就自己去洗澡睡覺了。

第三章

# 各取所需

李衛高玩的那一套很有市場，
他可以利用李衛高得到他需要的那些人脈關係。
這本就是一個各取所需的遊戲罷了。
雖然李衛高到現在還沒對他提出任何要求，
但是他相信李衛高接近他一定也是衝著什麼而來的。

第二天是週六，傅華本應該在家休息的，但是姚巍山還在海川大廈住著呢，他這個駐京辦主任又怎麼能在家休息呢，於是還是按照正常的上班時間去了海川大廈。

到了海川大廈，傅華先打電話給梁明。

梁明接了電話，立即曖昧地說：「傅主任，這麼早啊，春宵一刻值千金呢。」

「梁秘書，別瞎說，昨晚我可沒和彤彤小姐在一起。你們離開後，我就將她安置在一個地方休息，自己回家了。」傅華趕忙澄清說。

雖然傅華知道梁明肯定不會相信他的這個說法，但是不相信歸不相信，他卻有必要解釋給梁明聽。

「誒，姚市長還沒起床？」

梁明回說：「還沒有，他昨晚睡得比較晚，今天可能要晚一點起床。」

「那行，我就在駐京辦，姚市長如果起床後要找我，你再打電話給我好了。」傅華交代說。

傅華在駐京辦一直等到快十點鐘，梁明才打電話來說姚巍山和李衛高起床了，要去餐廳吃早餐。傅華趕忙讓餐廳準備早餐，自己也趕去餐廳陪著姚巍山和李衛高他們用餐。

再看到李衛高的時候，傅華注意到李衛高看他的眼神有些躲閃，心裏暗自冷笑了一下，他知道李衛高這個樣子是心虛的表現，顯然昨晚那場安排是李衛高給他佈置的陷阱。只是李衛高絕沒想到最後掉進陷阱去的獵物居然是尹章，而非傅華。

姚巍山看傅華的眼神則有些複雜，姚巍山一開始很擔心傅華得罪尹章，因此對傅華的行為大加約束，但是後來姚巍山發現他白緊張了，傅華不但占了上風，也沒影響到尹章幫海川操刀拍形象宣傳片這件事。

但是姚巍山並沒有因此就高興起來，作為一個市長，並不樂見部下這麼不受約束，他甚至覺得傅華羞辱尹章的同時，也是在羞辱他；另一方面，傅華擁有的人脈巨大，以他目前代市長的身分，很難撼動傅華的地位，所以雖然心中不滿，也不得不把這股不滿給壓下去。

姚巍山是剛鹹魚翻身的人，這幾年來，他的隱忍功夫已經修煉的很不錯，所以看到傅華，便很親切地說：「傅主任，真是不好意思啊，週六還麻煩你來工作。」

傅華忙說：「市長客氣了，駐京辦就是接待領導們的嘛，這是我份內該做的。」

姚巍山笑笑說：「總是辛苦你了。」

幾個人就坐下來吃早餐，李衛高開玩笑的說道：「誒，傅主任，你真是應該謝謝我啊，要不是我，你昨晚怎麼會有機會抱得美人歸啊？」

傅華覺得李衛高是在借開玩笑掩飾他不良的居心，他可不想被一個江湖騙子這麼耍弄了還忍氣吞聲，於是反唇相譏說：「李先生，你還好意思說這種話啊，我可知道你讓尹章把許彤彤安排給我是什麼意思。」

就見李衛高的臉色變了一下。

傅華接著說道：「你根本就是想引誘我犯罪嘛。」

李衛高立即否認說：「傅主任，你這麼說可就是對我有誤會了，我怎麼會那麼做呢？」

傅華嚴肅地看著李衛高說：「李先生，你真的沒有嗎？」

李衛高感覺似乎被傅華看到了心底，趕忙將眼神躲閃開，乾笑著說：「當然是沒有啦，我這個人一向光明磊落，不會做那種事的。」

傅華笑了起來，他很滿意看到李衛高的慌亂，李衛高的慌亂代表了他沒有底氣和自己抗衡，起碼在短時間內，這傢伙應該不會在姚巍山面前搬弄什麼是非了。

傅華便改用一副輕鬆的口吻說：「我是和李先生開玩笑的，我也知道李先生沒有那個意思。其實大家坐在一起就是玩玩嘛，我還是要感謝李先生的安排，沒有李先生的安排，昨晚的宴會也不會那麼熱鬧了。不過有一點，我要在姚市長面前鄭重澄清一下，昨晚你們離開後，我並沒有和彤彤小姐發生什麼事，我把她安排在一個朋友那裏就回家了，所以，所謂的抱得美人歸是不存在的。」

姚巍山聽傅華這麼說，心裏暗自冷笑了一下，他才不相信傅華昨晚沒把許彤彤給睡了，嘴上卻說：「這個我相信，看得出來昨晚在宴會上，傅主任對彤彤小姐很尊重，李先生說他抱得美人歸是想偏了。傅主任是我們海川市的幹部，一定能夠做到潔身自好的。」

姚巍山這麼說，讓李衛高未免一愣，按說姚巍山不應該和他唱反調的。誰都應該聽得出來他那句「抱得美人歸」純屬戲謔傅華的成分居多，並不是真的說兩人昨晚就真發生了什麼，姚巍山根本不需要出來給傅華背書的。因而姚巍山這麼做，說明了兩點：一是姚巍山擔心昨晚晚宴的事可能損害到他的政治利益，所以不得不出來替傅華背書；二是他對姚巍山的控制還沒有達到他想要的那種程度，姚巍山對他還有一些戒心。

李衛高暗自警惕起來，覺得姚巍山似乎並不是那麼好操控，以後他要在海川市展開計畫的時候，一定要謹記這一點，以防止因為過於相信姚巍山而造成誤判。

李衛高笑了笑說：「姚市長，我剛才不過是跟傅主任開個玩笑而已，其實傅主任的為人我很清楚，他是個君子，絕對不會對彤彤小姐有什麼非分行為的。」

姚巍山看了李衛高一眼，在這些日子的相處中，他對李衛高的信服程度開始有些動搖，覺得李衛高並不像他認為的那麼神。最明顯的一點，是昨晚晚宴上，黃易明打電話來居然沒向也在場的李衛高打聲招呼。這說明李衛高在黃易明的心目中並不重要。

一個看上去神通廣大的大師為什麼會被黃易明輕視？是不是李衛高並不像他吹噓的那麼神啊？這個影視圈的大老級人物可不是傻瓜，他無視李衛高，一定有無視他的理由。

不過姚巍山也不想就此和李衛高劃清界限，畢竟李衛高還是有不少的人脈，他玩的那一套也很有市場，他可以利用李衛高，好得到他需要的那些人脈關係。

這本就是一個各取所需的遊戲罷了，雖然李衛高到現在還沒對他提出任何要求，但是他相信李衛高接近他，一定也是衝著什麼而來的。

早餐結束後，在黨校學習的何飛軍也來了，他是趁週末來拜訪姚巍山的。

兩人握了手後，姚巍山說：「老何，想不到我們有機會在一起共事。」

何飛軍笑笑說：「歡迎姚市長來領導我們海川市政府的工作啊。」

姚巍山趕忙客套地說：「不要這麼說，大家都是同事，不存在誰領導誰的問題。」

何飛軍巴結地說：「話不能這麼說，所謂的蛇無頭不行，做什麼總是要有一個領導的。雖然我們以前沒有共事過，但是我早就知道姚市長是一位很有能力的領導，相信在您的領導下，海川市政府的工作一定會百尺竿頭，更進一步的。所以我很願意接受您成為海川市市長，也一定會全力協助您開展工作的。」

聽何飛軍這麼說，姚巍山心中有些驚訝，何飛軍話裏話外都在表明了要投靠他的意思，這傢伙和孫守義之間是怎麼了，為什麼要捨孫守義而轉投他呢？沒聽說孫守義對他怎麼樣啊？

姚巍山對要不要接受何飛軍，心中持否定的態度，海川現在是孫守義的天下，他還沒有能力和孫守義分庭抗禮，所以絕不會在這個時候招降納叛。

姚巍山就換了個話題，說：「誒，老何啊，你的黨校學習快要結束了吧？」

何飛軍有些錯愕，他沒想到他熱臉貼過去，姚巍山卻沒有接納，反而顧左右而言他，看來這個姚巍山也不是他的救星啊。

何飛軍回說：「是的，姚市長，我的學習馬上就要結束了，在北京待了這麼久，還真是急於回海川工作啊。」

實際上，何飛軍說這話是口不應心的，他還在做著營北市市長的美夢呢。但是隨著在黨校學習結束的日期臨近，他越來越有一種強烈的危機感，那就是歐吉峰答應他的承諾很可能會再次落空。

雖然歐吉峰還能聯絡得上，不過幾次何飛軍催問他成為營北市市長的日期，歐吉峰都是支吾以對，從不肯給他一個明確的答覆。這讓何飛軍心中疑竇叢生，卻又沒有勇氣去揭開這個謎底。他怕一旦揭開謎底，就徹底斷了自己的念想。其次，如果揭穿這件事是個騙局的話，那他買官的事就會被相關部門知道，所以何飛軍寧願強撐著，也不敢去拆穿這件事。

他也清楚回海川，孫守義還不知道會用什麼辦法來對付他。何飛軍思索著走出困境的辦法，就是另找一個主子投靠，幸好在這個敏感時機，孫守義升任了海川市的市委書記，市長位置則被姚巍山占住了。

這對何飛軍來說是一個機會，他認識姚巍山，知道他是一個有能力的人，有能力的人都是不肯久居人下的，也許姚巍山會和孫守義鬥上一鬥呢！如果真是那樣的話，他就有繼續生存的機會了。

這次何飛軍來見姚巍山，把要說的話事先早已在心裏演練過很多遍，確信一定能讓姚巍山明白他有傾心投靠的心意，沒想到姚巍山根本就不搭他的腔，沒有要接受他的意思，何飛軍這才意識到他的想法太過樂觀，想要托庇於姚巍山的想法宣告落空。

姚巍山打著官腔說：「老何，你急於回去工作的精神是很好的，不過也要把黨校的學習重視起來，拿出好的成績完成學業，可不要給我們海川市丟臉啊。」

何飛軍尷尬地說：「姚市長放心，我一定會認真地完成學業的。」

姚巍山說：「那就好。至於工作上的事，我對海川市政府的工作還在熟悉的階段，現在談什麼都是紙上談兵，還是等你回海川之後我們再研究吧。」

兩人又聊了一會兒，姚巍山就端茶送客了。

私底下他對何飛軍的印象並不好，覺得何飛軍資質平庸，不堪大用，頂多當奴才來用。這樣一個人對他而言，用處並不大。

此外，他心中也有些看輕孫守義的意思，一個領導有沒有能力，看他領軍的部屬是什麼樣的人就能知道。何飛軍材質這麼平庸，可見孫守義大概也不是什麼厲害的角色。

當天晚上，胡瑜非家中。

胡瑜非將一杯剛沖泡好的鐵觀音放在傅華面前，笑著說：「來，傅華，這是今年的新茶，嚐嚐味道如何？」

傅華細啜一口，舌根輕轉，頓感茶湯醇厚甘鮮，韻味無窮，便笑笑說：「蘭花香，觀音韻，果然是好茶啊。」

胡瑜非高興地說：「觀音韻，你說得不錯，我喜歡鐵觀音的，就是這種特殊的韻味。」

傅華說：「我也很喜歡這種獨特的味道。誒，胡叔，您把我找來，不會是專門來讓我品茶的吧？」

胡瑜非笑說：「如果是專門讓你品茶來的，你還不願意啊？」

傅華看了看胡瑜非，胡瑜非似乎有心事的樣子，就說：「願意，怎麼會不願意呢，每次來您這兒我都能喝到上等的好茶，我巴不得您專門找我來品茶呢。不過，我看您現在似乎並沒有這種閒情逸致啊。」

胡瑜非驚說：「你這傢伙眼睛太尖了，什麼事情都瞞不住你。是啊，我叫你來不是讓你來品茶的，而是有件事想要你幫我出出主意。」

傅華不禁失笑說：「胡叔，您這麼說我可真是受寵若驚啊，以您的聰明才智怎麼會有向我討主意的時候呢。」

胡瑜非笑罵說：「你就別貧嘴了，我是有一件事情難以定奪，怎麼做好像都不對，所以想聽聽你這個局外人的意見。」

傅華看胡瑜非神情之間似有隱憂，便知道這件事對胡瑜非來說一定很重要，不敢再嬉笑，神情嚴肅起來，說：「胡叔，究竟是什麼事啊？」

胡瑜非面色凝重地說：「是這樣子的，睢心雄來北京了，他約北京的商界精英見面，準備搞個記者招待會什麼的，想要這些精英們和他一起暢談對嘉江省這幾年經濟發展的看法，讓他們幫嘉江省的發展出謀劃策。天策集團是北京商界的一分子，睢心雄和我也算是有舊交的人，所以天策集團也收到了一份邀請函。」

傅華馬上就明白睢心雄是想做什麼了，他召集商界為嘉江省經濟發展問計問策，一來可吸引北京市民對他的注意，讓他成為媒體的關注焦點；二來可以借機推銷嘉江省，為嘉江省吸收商界精英投資。

傅華聽了說：「睢才燾是個愛作秀的人，這麼一搞，他馬上就會成為眾人矚目的焦點了。」

胡瑜非點點頭說：「這一點我也很佩服他，不論他在什麼地方，總有辦法讓自己成為眾人矚目的焦點。」

傅華對睢心雄其人其事一直不以為然，便說：「我倒覺得他現在已經是眾人矚目的焦點了，還要搞這些花架子，有些畫蛇添足了，也會讓人看穿他金玉其外敗絮其中的本質。」

胡瑜非深有同感地說：「你這個評價十分準確，這傢伙很善於包裝自己，但是他並不是一個很有才能的人，看他這些年做過的事，還真是乏善可陳就知道了。」

傅華分析說：「雎心雄是想要您往他臉上貼金啊，而且，他的最終目的肯定不是只讓你談談看法這麼簡單，恐怕是想要拉天策集團去嘉江省投資的。如果您這麼做，可就被套在他的戰車上了。」

胡瑜非煩惱地說：「我何嘗不明白他是想幹什麼，現在的問題是：我要不要上他的戰車，要不要和他綁在一起？傅華，據你看，我應不應該去見雎心雄呢？」

傅華不加思索地說：「當然不要了！我看不出您把自己綁到他的戰車上的理由。雎心雄目前的境況並不如意，這時候你去和他結盟是不明智的。」

胡瑜非說：「我想聽聽你對他是怎麼一個判斷。」

傅華知道胡瑜非肯定早對雎心雄有自己的見解，然而他還想聽他的分析，可見他有多謹慎應對這件事了。他的話很可能會影響到胡瑜非的判斷，進而影響胡家未來的命運，不禁遲疑起來。

他把雎心雄目前的狀況通盤的想了想，表面上看，雎心雄在嘉江省所搞的那一套，高層並沒有給與公開的支持，主流媒體也沒對雎心雄的所作所為發表什麼觀點，雎心雄完全是一種被冷落的狀態，似乎雎心雄並不受北京高層的認可，政治前途堪憂。

然而，睢心雄在嘉江省搞的兩項整頓活動進行得轟轟烈烈，聲勢頗大，民間輿論頗多看好睢心雄，也讓其他省分的領導們按捺不住紛紛效仿，睢心雄的做法儼然成為一股流行風潮，這個聲勢如果持續下去的話，難免不會形成地方包圍中樞的格局。

這應該也是睢心雄打的如意算盤，如果這個算盤打響了，睢心雄就有可能成功登頂，成為核心領導層的幾個人之一。而睢心雄的算盤能不能打得響，關鍵就在高層對睢心雄的態度上。

但是現在讓人難以捉摸的就是高層目前的態度，高層雖然沒有明確的支持睢心雄，但是也沒有表態反對，換句話說，睢心雄不是一點成功的機會都沒有。難怪連胡瑜非這種政治老手都會覺得難以判斷睢心雄未來的走向，陷入無法抉擇的境地。

這樣一來，他就有點不敢輕易做出判斷來了。

傅華看了看胡瑜非，說：「胡叔，我明白你為什麼想向我拿主意了，您現在一定是左右為難吧？」

胡瑜非點點頭說：「是啊，傅華。我綜合分析了一下睢心雄的現狀，發現這傢伙也不是一點機會都沒有的，上面遲遲不表態，就是因為高層還有人在支持他，很可能是支持和反對他的力量都無法佔據到優勢地位，呈現拉鋸戰，所以高層才無法明確的表態。」

傅華說：「是啊，胡叔，我的看法和您基本相同，睢心雄的做法在目前政壇上是有一定市場的。」

胡瑜非說：「那問題就來了，你要知道，現在的胡家並不是老爺子在時的那個胡家了。現在的胡家雖然還能撐住場面，卻缺乏那種鼎定乾坤的人物，對一些中下階層的官員還能有些辦法，但要對抗一個核心領導層的人，恐怕力有未逮啊。」

傅華聽了說：「如果是這樣的話，那開罪睢心雄就是很不明智的了。」

胡瑜非擔憂地說：「是啊，睢心雄這個人我瞭解，他的心路並不寬，睢心雄如果登頂的話，胡家開罪了他，他是一定會想辦法報復的，那時候胡家很可能會遭到嚴重的打擊。」

傅華看胡瑜非為難的樣子，便勸說：「既然這樣，要不胡叔您選擇和他合作好了。」

胡瑜非卻苦笑說：「選擇合作哪有那麼容易？睢心雄做的那一套對他自

己雖然有利，卻有脅迫高層的意味，我如果加入了他的戰車，搞不好就得罪高層的其他領導了。再說，我也不認同睢心雄的做法，我總覺得睢心雄這一套行不通。」

傅華慎重地說：「胡叔，如果您真的要聽我的意見的話，我的意思是，道不同不相為謀，這個人靠不住，你還是回絕他的邀請為好。」

胡瑜非反問道：「你覺得我該拒絕睢心雄？」

傅華點點頭說：「我覺得應該拒絕他，他那些做法，作秀的意味濃厚，根本就不是一個正常的領導幹部能夠做出來的。我建議您還是回絕他，不要去參加什麼討論會了。」

胡瑜非思考了一下說：「不，我為什麼不去參加他的討論會啊，討論會可以是他的作秀舞臺，也可以是我批評他錯誤做法的舞臺。」

傅華擔憂地看著胡瑜非說：「胡叔，您這可是跟他公開對著幹啊。」

胡瑜非充滿正義感的說：「怎麼，不可以啊？我早就看不慣他搞的那一套了，其實睢心雄原本是推崇市場經濟的，他在你們東海省做市長的時候，講著一口流利的英語，別提多西化了，現在他在嘉江省那一套完全是反過來，這是為什麼？還不是為了實現他的野心?!這種投機分子不去打擊他，讓他真正得勢了那還得了?!」

傅華不禁讚道：「胡叔，您還是這樣血性啊。」

胡瑜非自嘲說：「這是本性，改不了了。誒，傅華，你想不想湊湊熱鬧啊？」

「胡叔，您想讓我和您一起參加這個見面會？」傅華訝異地問。

胡瑜非點點頭，說：「有沒有這個膽量啊？」

傅華豪氣地說：「他也吃不了我，我怕什麼！」

胡瑜非高興地說：「那行，我們爺倆到時候一起去，鬧一鬧睢心雄這傢伙的場子。」

傅華猶豫道：「我倒是沒什麼，我和睢心雄的級別差得太遠，他怎麼報復也報復不到我頭上，可是您和天策集團就不一樣了……」

胡瑜非衝著傅華擺了擺手說：「我知道你想說什麼，我胡瑜非也不是什麼好惹的人，睢心雄要來惹我，他也得先掂量一下自己夠不夠分量。再說，你不瞭解睢心雄這個人，這傢伙是死要面子的人，你當面批駁他，他雖然心中很生氣，卻不會公開做什麼報復行為，因為他擔心會被人說氣量狹小，儘管實際上他真的是氣量狹小。」

傅華聽了，笑說：「原來是這樣啊，我真是越發期待參加這次的見面會了，估計到時候肯定會氣他個半死。」

胡瑜非也笑了起來，說：「那是一定的。誒，對了，關於關偉傳，你還聽說過什麼消息沒有啊？」

傅華搖搖頭說：「沒有，李衛高並沒有在我面前再提起過這件事。誒，對了，那天晚上關偉傳打電話給李衛高的時候，說是聽楊莉莉說才知道李衛高到北京的，關偉傳和楊莉莉的關係好像很密切啊。」

胡瑜非猜測說：「據說關偉傳包養了一個大明星做情人，看來可能就是這個楊莉莉了。」

傅華一時間還真是無法把楊莉莉和關偉傳聯繫到一起，一個長相行為舉止都像鄉下人的部長，居然能夠擁有像楊莉莉這樣千嬌百媚的女人做情人，實在讓人匪夷所思。

週一，上午十點。

傅華陪同李衛高、姚巍山，在國土部部長辦公室等著關偉傳對他們的接見。

這次會面是姚巍山拜託李衛高安排的，本來是沒傅華什麼事的，但是姚巍山堅持讓他一起來，他只好陪同前來。

預定的會面時間是十點鐘，一行人提前十五分鐘就到了，但是關偉傳見的上一個客人一直還沒走，傅華他們只好等著了。

又過了十幾分鐘，關偉傳辦公室的門才打開，一個看上去五十多歲的男人和關偉傳一起走出了辦公室。

這個男人個子很高，長得很秀氣，給人一種很陰柔的感覺。傅華看這個人的模樣感覺很熟悉，一時卻叫不出他的名字來。

不過傅華馬上就知道他是誰了，因為這個男人邊握著關偉傳的手，邊笑著說：「關部長，我們可說定了，你們國土部要大力支持嘉江省的工作啊。」

男人說起嘉江省，馬上就讓傅華想到這男人就是嘉江省的省委書記睢心雄。一來睢心雄本就是媒體上的熟臉；二來，睢心雄和睢才燾父子倆的模樣很相似，睢心雄也和睢才燾一樣，容貌帶著幾分女氣。

關偉傳說：「您睢書記都發話了，我們國土部敢不支持嗎？」

睢心雄笑笑說：「那我就先謝謝關部長了，嘉江省正是大建設期，沒國土部的大力支持是不行的。」

關偉傳把睢心雄送進了電梯，睢心雄在電梯裏很有風度衝著關偉傳擺了擺手，說：「留步，關部長。」

傅華看到這一幕，心中嘆道睢心雄果然是個人物，一舉手一投足都是氣場十足，很有魅力。

傅華心中忽然產生一個促狹的念頭，轉頭看了眼一旁的李衛高，說：「李先生，剛才關部長送走的嘉江省省委書記睢心雄，據你看，這睢心雄有沒有可能上層樓啊？」

李衛高錯愕了一下，他沒想到在等關偉傳回來的這幾分鐘，傅華居然要他對睢心雄進行占卜。不過李衛高對睢心雄倒也不陌生，睢心雄現在風頭正勁，輿論都傾向認為他能進入核心的領導層，甚至有外國的媒體報導已經推測出睢心雄將要擔任的具體職務了。

李衛高便說：「睢書記一看就是氣場逼人，貴不可言啊。」

李衛高還想繼續發揮，多說一些睢心雄怎麼貴不可言的話時，關偉傳已經回來了，對李衛高一臉歉意地說：「李先生，不好意思啊，讓你們久等了。剛才你們也看到了，嘉江省的省委書記睢心雄在我辦公室聊了好半天。

這個睢書記還真是厲害，說起嘉江省的資料簡直如數家珍。」

讚賞完睢心雄，關偉傳這才把目光轉向姚巍山和傅華。

傅華他本來就認識，於是對姚巍山伸出手來，說：「這位就是姚市長？」

姚巍山受寵若驚的和關偉傳握了手，說：「您好關部長，我就是海川代市長姚巍山。今天冒昧的來打攪您，是想就海川市的事和您溝通一下。」

關偉傳說：「你們海川的情況，李先生都和我講了，可能國土部和海川市有些誤會，我們坐下來談吧。」

關偉傳說完，目光轉向傅華，傅華趕忙說：「您好關部長，我是海川市駐京辦主任傅華，陪我們市長來的，很高興見到您。」

傅華這麼說，關偉傳就知道傅華是不想洩露他們兩人早就認識的事，就和傅華也握了下手，說了聲很高興見到你，就不再搭理傅華了。

一行人進了關偉傳的辦公室，傅華注意到關偉傳的辦公桌上擺放著一個舵盤一樣的東西，這件東西和周邊的擺設很不搭調，十分突兀的擺在那裏，傅華猜測這可能是李衛高幫關偉傳擺設的風水物。風水上講究運轉，氣場轉動起來，人的運勢才會好轉，這個舵盤恰好可以體現這一點。

坐定後，姚巍山就開始對關偉傳報告高爾夫球場被通報的情形，關偉傳認真的聽著。不過傅華注意到關偉傳不時地用眼神去看李衛高，顯得有幾分焦躁，讓傅華覺得關偉傳遭遇到的困難很可能並沒有得到解決。

聽完彙報，關偉傳笑了笑說：「姚市長，情況我大致瞭解了，你放心，這件事既然是發生在前任市長期間，責任就不能怪到你的身上。這樣吧，你們準備一份整改的報告來，對那家建高爾夫球場的公司小小的處罰一下，對上下都有個交代，這件事就算是過去了。」

傅華聽了，不禁暗道：這次白灘的高爾夫球場又逃過一劫了，關偉傳曾經還想抓住這個作為突破口，大張旗鼓的整治高爾夫球場，作為政績上的一個亮點呢，現在竟虎頭蛇尾，不了了之，真是很諷刺。

姚巍山立即回道：「謝謝關部長對我們海川市的支持。」

關偉傳笑笑說：「姚市長就別客氣了，你是李先生的朋友，他既然找到了我，我應該幫忙的。」

李衛高在一旁聽了，假作謙遜地說：「關部長，您太誇張了，也談不上什麼很大的幫助，不過是幫了點小忙而已。」

與此同時，在海川市市委書記孫守義辦公室裏，孫守義和公安局長姜非正相對而坐。

孫守義翻看著姜非給他的資料，皺著眉說：「這些資料都是確實的嗎？」

姜非點點頭說：「確實，我是透過一個現在在乾宇市公安局工作的同學查到這些資料的，我同學對這些資料做了初步的調查工作，去李衛高戶籍登記的出生地查了一下，那是一個相當偏僻的村子，村裏沒有公路通向外面，我同學還是走了十幾里的山路才進去那個村子的。據那個村的老人回憶說，他們村從來沒有一個叫做李衛高的人，甚至沒有姓李的人，不知道怎麼會冒出一個李衛高來。」

孫守義不可置信地說：「那就是說，這個李衛高本來是不存在的了？」

姜非說：「對，這些資料都是編造出來的，一定是李衛高找了那個管區的戶籍人員，花錢讓人幫他捏造了一份戶籍。那個山村很偏僻，如果不是我對這個高二寶印象深刻的話，根本就不會有人去查的。」

孫守義大嘆說：「這傢伙還真是夠膽大妄為的。」

姜非說：「孫書記，現在可以確定的是這傢伙的確是偽造了戶籍，這可

是違法的行為，您看是不是對他採取行動，予以查處？」

孫守義遲疑了一下，這幾天梁明一直持續向他彙報姚巍山的行蹤，因此他很清楚知道李衛高這幾天在北京做了些什麼。看得出來李衛高是個能力很大的人，而且有不少有力人士對他推崇備至，幾乎是拿他當做大人物來對待，要動李衛高，一定會受到這些把李衛高當做神一樣對待的人物的阻止。這些人個個都有些影響力，孫守義擔心別查處不了李衛高，反而招惹來一些不必要的麻煩。

孫守義便搖搖頭說：「姜局長，現在問題很複雜，要去動這個傢伙有點困難。你說就在我們談話的這會兒，這個傢伙正帶著姚市長去和國土部的關偉傳部長見面呢，看情形好像關部長和他的交情還很深，我們如果動了這傢伙，這不是讓關部長難堪嗎？所以不能簡單地就拿他當騙子對待，必須要慎重以對。」

姜非不解地說：「真是奇怪，我看這個高二寶也沒什麼啊，怎麼就能忽悠住那麼多人呢，還是像關部長這種高智商的領導？」

孫守義笑了笑說：「現在是個混亂的時代，很多人就把精神寄託在這些虛無縹緲的鬼神身上，才出現這種不信蒼生信鬼神的情況。姜局長，這些資料你還給別的人看過沒有？」

姜非說：「除了幫我找資料的同學外，沒有任何人看過。」

孫守義交代說：「那行，這件事因為牽涉到關部長，比較敏感，範圍就不要再擴大了，反正現在事實也查清楚，你就也不要再查下去了，這些資料由我來保管。」說著，就把資料放到抽屜裏鎖了起來。

對他來說，這份資料如果現在拋出來的話，殺傷力很微弱，僅僅會危害到李衛高本人的聲譽而已。這可不是他讓姜非查這件事想要達到的結果，他希望能夠牽連上姚巍山。

孫守義相信李衛高費那麼多心思和姚巍山建立關係，一定是有所圖。而姚巍山這次北京之行是得到李衛高莫大的幫助，如果李衛高開口有求於他的話，姚巍山一定會鼎力相助，甚至可能超越合法的界限。到那時候再將這份資料拋出去，對姚巍山的殺傷力一定更巨大。

既然這樣，孫守義決定暫且把資料放一放，看看李衛高和姚巍山究竟要在海川市做什麼再說。

聽孫守義這麼說，姜非就不好再說什麼了，反正能查的他已經查清了，就說道：「行，就按照您的意思辦。」

姜非就告辭離開了。孫守義坐在那裏開始思索著姚巍山這次北京之行對海川政局可能產生的影響。

不得不說，姚巍山這次北京之行成果豐碩，能夠讓尹章幫海川操刀製作形象宣傳片，消息發佈出去，因為尹章和葛凱的緣故，海川市馬上就會成為娛樂圈矚目的焦點。這等於是讓姚巍山在海川政壇上來了個閃亮登場。

另一方面，姚巍山這次通過關偉傳，將規建高爾夫球場的問題解決了，對姚巍山來說也具有加分作用，讓海川大大小小的官員認識到姚巍山的能力。人們一定會說：你看，孫守義沒能解決的問題，姚巍山解決了，姚巍山有兩下子。

經過這兩件事，姚巍山在海川政壇上的威信算是樹立了起來，他感覺到自己的地位受到了威脅。這是孫守義絕對不想看到的情形。

除此之外，還有一件事讓孫守義很關注，那就是宴會上傅華對尹章的羞辱，和那個叫做許彤彤的女演員被傅華帶走的事。

他關注這件事，是因為他想知道能不能利用這件事幫他對付傅華。

傅華和他現在已經形同陌路，有了很深的裂痕，而且孫守義還有一個心病，那就是他向傅華借的三十萬還沒還。傅華帶走許彤彤這件事倒是可以做做文章，不過也不知道兩人究竟有沒有發生點什麼，似乎還不到能夠一擊致命的程度，該怎麼做很讓孫守義頭疼。

第四章

# 真知灼見

睢心雄怔了一下，傅華的發言不在他預定的安排中，
但是他已經講明是要聽取大家的意見的，
此刻自然不能不讓傅華講話，就笑笑說：
「傅先生，我很期待能從你這裏聽到一些真知灼見。」

北京。

姚巍山和關偉傳的見面不到半個小就結束了。關偉傳身為部長，日程安排得很滿，因此會面並沒有進行太長時間。

離開關偉傳那裏，一行人就被李衛高帶去央視，他們要去見的是央視廣告部的副主任林洋。

林洋早就等在辦公室了，林洋四十多歲，中等個子，一見到李衛高就熱情的張開雙臂，說：「老師，您可算是來了，來，別的先別說，讓我抱一下，感受一下您的仙風道骨。」

李衛高笑著和林洋擁抱了一下，然後說：「怎麼樣，我教給你的功夫練得如何，有進境沒有？」

林洋笑笑說：「我覺得很有進境，這幾天我經常感覺丹田有一股熱氣蒸騰而起，上衝百會，那種感覺真是美妙無比。」

李衛高聽了，說：「這是好事啊，說明你的功夫突破在即了，回頭我再給你一些指點，幫你完成突破。」

林洋高興地說：「那真是太好了，有老師您的幫助，我就可以進入到另一個境界了。誒，老師，這幾位都是您的朋友？」

李衛高點點頭，說：「來，我給你介紹，這位是海川市的市長姚巍山，這位是海川市駐京辦的主任傅華……」

姚巍山就和林洋握了握手，說：「林主任，我是海川市市長姚巍山，我們海川準備在央視搞一個形象宣傳活動，所以想來麻煩你一下。」

林洋笑笑說：「姚市長，你的事老師和我說了，問題並不大。誒，你們準備請誰製作這部片子啊？」

姚巍山說：「我們請到大導演尹章操刀製作，葛凱擔任顧問。」

林洋聽了，訝異地說：「不錯啊，大手筆呢，行啊，等片子製作出來後拿給我，我負責幫你們安排。老師，您說我要怎麼做才能完成突破呢？」

姚巍山看林洋的注意力根本就不在他身上，只專注於功夫的突破，未免有些不滿，但是他也知道在北京，他這個海川代市長實在是太普通不過了，因而也只好耐住性子。

李衛高就在林洋的辦公室裏教了林洋幾個動作，指點他真氣運行的法門，讓林洋多加練習。

見完林洋，第二天姚巍山就飛回海川。

當天晚上，睢心雄安排的名流見面會在梅地亞中心酒店隆重舉行。傅華

和胡瑜非一起參加了這個見面會。

兩人到達時，就看到睢心雄站在門口迎賓。傅華不得不讚嘆睢心雄十分善於作秀，一個省委書記親自在門口迎賓，可謂誠意十足，入會的商界名流怎麼會不被感動呢。

睢心雄看到胡瑜非從車上下來，立即快步迎上來，熱情地和胡瑜非握著手，說：「瑜非兄，你能親自來赴會，我真是銘感五內。」

胡瑜非笑了笑說：「心雄兄客氣了，收到你的請帖，我怎麼敢不來啊！來，我給你介紹一位朋友，這位是傅華，傅先生。」

睢心雄伸出手來和傅華握手，招呼說：「傅先生可是名滿京師的人物，能夠參加我們的見面會，我真是感到很榮幸啊。」

傅華曾經一把贏了睢才燾兩千多萬，睢才燾回去肯定會告訴睢心雄，難怪睢心雄馬上就知道他是誰了。

傅華禮貌地回說：「是我的榮幸才對，我對睢書記的風采仰慕已久，聽說您安排了這個見面會，就特別央求胡叔帶我來參加，好當面向您請益。」

睢心雄笑說：「請益不敢當，傅先生年輕有為，我們多交流就是了。兩位裏面請。」

兩人正準備往裏面走時，又一輛豪車停在梅地亞中心的門口，車門打開，雎才燾高傲的從車上下來。

傅華看到雎才燾並不感到驚訝，雎心雄舉辦的活動，雎才燾這個做兒子的給老爸捧場也很正常。

雎才燾從車上下來後，繞過車頭去另一側打開車門，一個打扮優雅的女人攙著雎才燾的手從車上走了下來。傅華看到這個女人倒是十分驚訝，胡瑜非看到她臉色也變了，居然是和穹集團的總經理高芸。

高芸也看到了傅華和胡瑜非，她曾經是胡瑜非的未來兒媳，見到胡瑜非就感到有些不好意思，趕忙走到胡瑜非面前，寒暄說：「胡叔，這麼巧啊，您也來參加這個會議？」

胡瑜非也有些彆扭，他無法接受高芸竟和雎才燾走到一起，這似乎是在說雎心雄的兒子勝過他胡瑜非的兒子，讓胡瑜非心中很不舒服，便淡淡的說：「是啊，是心雄兄邀請我的。」

雎才燾這時走了過來，看到傅華，臉色便有些不自然，他很快把眼神轉向胡瑜非，說：「胡叔好。」

胡瑜非意有所指地說：「不錯啊，回國這麼短的時間就找到女朋友了，你和高芸倒是很般配啊。」

高芸臉紅了一下，趕忙解釋說：「胡叔，不是的，我和才燾也剛認識不久……」

胡瑜非笑說：「你不用解釋了，你和才燾確實很般配啊。」

胡瑜非轉頭看向一旁的睢心雄，說：「心雄兄，你看他們是不是郎才女貌啊？」

睢心雄笑笑說：「是啊，高芸這孩子又漂亮又能幹，我很喜歡。瑜非兄啊，我知道她與令公子曾經有過婚約，你不會介意高芸與才燾交往吧？」

胡瑜非一派輕鬆地說：「我介意什麼啊，高芸與東強已經解除婚約了，高芸是自由的，她能夠找到喜歡的男孩子，我也替她高興啊。」

胡瑜非話雖然是這麼說的，傅華卻從他的笑容中看出了一絲酸澀，顯然高芸琵琶別抱，胡瑜非的心情並不好。

睢才燾這時才對傅華打招呼說：「傅先生，我們又見面了。」

傅華禮貌地和睢才燾握了手，說：「是啊，睢少，我們又見面了。恭喜你啊，能夠找到高芸這麼好的女孩。」

睢才燾得意的說：「謝謝。」高芸在一旁則是不悅的瞟了傅華一眼。

傅華和胡瑜非進入會議廳，胡瑜非見到高芸和睢才燾在一起，情緒就有些失落，坐下來後，不禁嘆了口氣說：「高芸怎麼會和睢才燾走到一起了，難道說高家要靠向睢心雄了？」

傅華並不清楚高芸為什麼會和睢才燾在一起，他能理解胡瑜非現在的心情，但是選擇誰是高芸的自由，別人也無法干涉，只好安慰說：「胡叔，你也別太在意了。」

胡瑜非嘆說：「我不是在意什麼，只是替高芸惋惜，這個睢才燾不見得比東強強，她選擇他並不合適。」

高芸和睢才燾過了一會兒才進來，似乎為了避免尷尬，他們選擇了一個離胡瑜非和傅華很遠的位置坐了下來。

胡瑜非看到後，對傅華說：「傅華，我今天真是不該來的。現在高芸這麼一搞，讓我質疑睢心雄不是，不質疑睢心雄也不是了。」

傅華明白胡瑜非的意思，高芸和胡東強的婚事破局，北京商界沒有不知道的，現在高芸和睢才燾連袂出席，等於是對胡瑜非打臉。胡瑜非如果質疑睢才燾，就有挾怨報復的嫌疑；但胡瑜非如果不質疑睢心雄的做法，他出席這次的見面會，就變成了是來附和支持睢心雄了，這顯然與胡瑜非來參加見面會的初衷是相違背的。

傅華就自告奮勇說：「胡叔，沒事的，有些話您如果不好說，我來說好了；我對睢心雄很多做法很不贊同，正好借這個機會和他交流一下意見。」

胡瑜非遲疑地說：「傅華，這可不太好，你和我不同，睢心雄對我再有意見，看在父輩的面子上，總還得給我幾分薄面；你如果拂了他的逆鱗，他恐怕不會對你客氣的。」

傅華笑了起來，不以為意地說：「我只是一個小小的駐京辦主任，他對我不客氣又能怎麼樣呢？總不能從嘉江省跑到東海省去整我吧？」

胡瑜非憂心地說：「總是不太好，睢心雄這個人很記仇的，東強跟我說過，你在會所贏過睢才燾一筆錢，已經算惹過睢家一次了；如果再來一次，睢心雄恐怕不會那麼輕易放過你。」

傅華並沒拿這個當回事，灑脫地說：「他不放過我又能怎麼樣呢？他是嘉江省的省委書記，又不是東海省的省委書記。放心，胡叔，我不會有事的。」

胡瑜非想了想說：「也是，好吧，今天就由你來衝鋒陷陣，如果睢心雄真的對你有什麼小動作的話，我胡瑜非也不會坐視不理的。誒，這個女人怎麼來了？」

傅華聞言，順著胡瑜非的視線看去，就看到一個髮髻高挑、豔光四射的女人挽著睢心雄走了進來。

這個女人相貌姣好，穿著一身很時尚的晚禮服，胸部高聳，頗有一副大明星的架勢。正是紅透大江南北的影視紅星楊莉莉。也因為是名人，在場很多人都認識她，不少在座的商界名流都站起來和她握手寒暄。

看上去楊莉莉和睢心雄很親密的樣子，不但挽著睢心雄的胳膊，半個身子也偎依在睢心雄身上；睢心雄似乎也很享受這一切，任憑楊莉莉靠著他。這也讓傅華想到外界關於睢心雄好色的傳言，看這兩人的架勢，傳言可能並非子虛烏有。

胡瑜非眼中滿是困惑之色，搖搖頭說：「這世界真是亂套了，我真是看不透，關偉傳的女人居然靠上了睢心雄？」

傅華說：「這件事肯定有蹊蹺。胡叔，有件事我忘記跟你說了，我陪我們的姚代市長去拜訪關偉傳時，還碰上睢心雄也去國土部拜訪關偉傳，當時兩人相談甚歡呢。」

「是嗎？」胡瑜非眼中的厲色一閃即逝，有些不滿的說：「關偉傳從沒向我提起他見過睢心雄。唉，老爺子不在了，他也不拿我們胡家當回事了。」

聽胡瑜非這麼說，加上楊莉莉還專門跑來給睢心雄捧場，傅華不禁懷疑關偉傳和睢心雄之間似乎有某種勾結。

也是，胡家現在在政壇上沒有什麼可以定鼎的人物，睢心雄則是如日中天，未來還有走進中樞的可能，關偉傳轉而投靠睢心雄也不是不可能的。而且關偉傳似乎遇到了什麼麻煩，因此轉而向睢心雄求助，請他幫忙解決麻煩也不無可能。

這時，睢心雄帶著楊莉莉走到了會議桌主人的位置，先是很紳士風度的給楊莉莉拉開椅子，服侍著讓楊莉莉坐下，然後對會議桌旁滿座的商界人士說：「今天我睢某人真是太榮幸了，不但北京的商界名流能夠給睢某人面子，賞臉光臨這次的見面會，著名的影視紅星楊莉莉小姐居然也來到會場，這簡直讓我太高興了。」

楊莉莉在一旁接話說：「其實我來的有點冒昧，睢書記事先並沒有邀請我，但是我對睢書記仰慕已久，知道睢書記為嘉江省的老百姓做了很多事，大家都稱讚睢書記是個清廉能幹的好官，所以我早就想見見您了，可惜一直沒機會。這次我回北京，聽到朋友說您舉辦商界的見面會，雖然我不是商界中人，但是難以控制想要見您的心情，就大著膽子闖進來了，睢書記不會怪我不請自來吧？」

傅華聽他們一唱一和的，暗自好笑，心想兩人該不會事先排練過了。他才不相信楊莉莉是因為仰慕睢心雄而冒昧的闖上門來的，這其實不過是事先排練好的一場戲而已。

睢心雄笑說：「我歡迎還來不呢，又怎麼會怪你呢？楊小姐的到來讓我們這次見面會多了幾分亮色，大夥說是吧？」

一些商界名流立即應和說：「是啊，楊小姐，我們都是你的影迷，你能來我們當然歡迎啊，回頭你可要給我們簽個名啊。」

楊莉莉爽快地說：「我很願意為大家簽名留念，不過，我也有個不情之請，說起來我也算是睢書記的粉絲，回頭我想請睢書記也為我簽個名。」

睢心雄高興地說：「樂意之至，只要楊小姐到時候不要嫌棄我的字寫得醜啊。」

楊莉莉嘴甜地說：「怎麼會，我可是看過睢書記的字，睢書記的字很有筋骨的。」

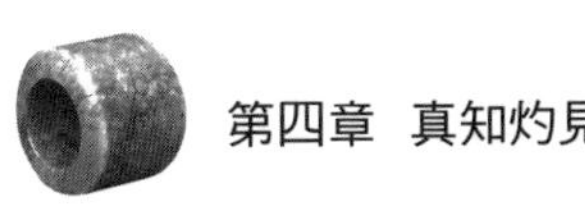

桌上有人又附和楊莉莉說：「是啊，雎書記的字確實是很有筋骨，回頭雎書記也要給我們留下墨寶啊。」

雎心雄笑笑說：「我會滿足大家的要求的。好了，今天可不是研究我雎某人的字寫得好不好，我是代表嘉江省來向北京商界取經來的，所以我們還是言歸正傳。我先向大家報告嘉江省目前的經濟發展狀況，希望大家聽了之後，能夠提出你們的寶貴意見。」

雎心雄就開始講起嘉江省的情形，這時候雎心雄的政治魅力就完全顯現了出來，他講話不看講稿，所有的數字信口拈來，如數家珍，不時還會和現場的來賓幽默的開上幾句玩笑，還很善於用比擬的方式讓本來枯燥的數據變得生動很多。就連傅華和胡瑜非這兩個本來是想來唱反調的人，也不禁被他的話所打動，不時和大家一起發出會心的微笑。

雎心雄講完之後，就要求在場的商界名流對嘉江省目前的狀況提出意見，陸續有人發言，發言的內容大同小異，都是稱讚雎心雄治政有方，造福嘉江省百姓之類的奉承話。

傅華注意到雎心雄似乎很受用這些奉承話，他面帶微笑，做出一副認真記錄的樣子。看到這裏，傅華大致明白今天這場見面會，雎心雄其實並不是真心想聽北京商界對嘉江省經濟發展獻計獻策，他想聽的就是這些吹捧他的話。

本質上，這就是一場經過精心策劃的秀，講這些奉承話的人可能也是睢心雄事先安排好的托，再經過媒體的報導渲染，就會變成對睢心雄歌功頌德的宣傳大會。

傅華對睢心雄頗為不齒，有心想給睢心雄搗點亂。他看向一旁的胡瑜非，用眼神示意他準備要向睢心雄發難了。

胡瑜非微微笑了笑，算是默許。傅華就把麥克風正了正，然後說：「睢書記，我能說幾句話嗎？」

睢心雄怔了一下，傅華的發言不在他預定的安排中，但是他已經講明是要聽取大家的意見的，此刻自然不能不讓傅華講話，就笑笑說：「可以啊，傅先生，我很期待能從你這裏聽到一些真知灼見。」

傅華說：「真知灼見不敢，只是有一些小小的看法而已。睢書記，我從您剛才講的這些數據當中得出一個結論，那就是嘉江省在您的帶領下，獲得了一個突破性的發展，是嗎？」

睢心雄自豪地說：「這也不都是我的功勞，嘉江省的百姓也為此付出了很大的努力。」

傅華笑說：「睢書記您也不必謙虛，嘉江省的發展很大一部分功勞還是因為您的。」

睢心雄看傅華一個勁兒的說他好話，笑得越發開心，說：「話不能這麼說，我做了些事不假，但是嘉江省的同志也做了不少的工作。」

傅華心說：你先別高興，讓你難受的東西馬上就來了。

他清了清嗓子說：「不過，有一件事我很不解，睢書記，你大肆宣傳在嘉江省國民生產總值超乎常規發展的背後，過去一年嘉江省民營經濟卻呈現出一種萎縮的狀態，這似乎與嘉江省的發展狀況不相符啊。」

睢心雄臉上的笑容沒有了，他明白傅華是來找碴的。

在過去一年當中，睢心雄大搞社會秩序和經濟秩序整頓活動，許多成規模的民營企業的資產被沒收，企業紛紛倒閉。這裏面當然少不了有些企業確實存在違規行為，但是也有很多企業問題並不嚴重，卻被睢心雄出於政績的目的一併打擊了，搞得嘉江省商界哀鴻遍野，民營經濟也呈現萎縮的狀態。

睢心雄陰冷的看了看傅華，然後說：「有嗎？傅先生，你是不是搞錯了，就我看到的數字好像不是你說的這樣。我們嘉江省的民營經濟還是呈現一個蓬勃發展的狀態，形勢還不是小好，是一片大好啊。」

傅華譏刺地說：「好不好睢書記心裏應該比我還清楚，這裏我也不想和睢書記爭論什麼，也無法和睢書記爭辯什麼，畢竟嘉江省的數字都在您的掌握當中。」

睢心雄的臉色越發難看了，冷冷地說：「傅先生，我不知道你這話是什麼意思，你似乎在暗指我利用職權操控嘉江省的經濟發展數字。你這個指控是錯誤的，我們嘉江省的經濟發展數字都是統計部門的同志認真的統計出來的，我看不出有任何人為操縱的地方。」

傅華感覺得到睢心雄說這話連他自己都沒有底氣。政府的統計數字一直被公認是灌了水的，而且灌水的程度還很嚴重，睢心雄說數字沒作假，顯然是在撒謊。

傅華笑了笑說：「睢書記您多心了，我只是說這些數字您掌握的比我多而已，並沒說您操縱數字啊。誒，睢書記，我還有一件事想要請問您，您認為我們現在的社會主義市場經濟保不保護企業家的私有財產啊？」

睢心雄說：「我不知道你這話是什麼意思，合法的私有財產是受國家法律嚴格保護的。」

傅華質問道：「那請問您嘉江省最近發生的羅宏明一案，究竟是怎麼一回事？」

羅宏明案是最近一個讓睢心雄頗受國內輿論詬病的案子。羅宏明是一個美籍華人富商，在嘉江省投下鉅資，想要設立一家大型的石化企業。但是在企業的設立過程中，羅宏明和睢心雄不知道怎麼發生了衝突，嘉江省相關部門便突然發難，以侵吞國資的名義抓捕羅宏明。羅宏明當時身在美國，見狀當然無法再返回嘉江省，嘉江省就沒收了羅宏明在嘉江省的投資。羅宏明不肯蒙受此巨額損失，就在美國狀告了嘉江省政府。

美國政府當然無法管轄中國的政府部門，此案也就只有形式上的意義，沒有實質上的作用，最後只好不了了之。但是這一案在國際上卻影響很大，很多觀察家據此認為中國的改革開發出現了倒退的跡象，國內輿論對嘉江省和睢心雄這種做法也頗多負面的評價。

至於睢心雄為什麼會和羅宏明翻臉，眾說紛紜，版本不一。其中盛傳的一個版本，是睢心雄看中了羅宏明包養的一個女明星，找人暗示要羅宏明割愛。羅宏明財大氣粗，以為自己來嘉江省投資，是嘉江省的財神爺，睢心雄絕不敢得罪他，不但拒絕了睢心雄，還把去幫睢心雄當說客的那個人好一頓的臭罵。惹得睢心雄大發雷霆，就趁羅宏明去美國時，抓捕了羅宏明的手下，一番逼供後，羅宏明的手下只好承認羅宏明侵吞國資，羅宏明罪名成立，從此無法再從美國回到中國。

睢心雄的臉色變得鐵青，狠狠地瞪了傅華一眼，然後說：「傅先生，我想你是對我有所誤會了，羅宏明案，嘉江省司法部門的結論是羅宏明侵吞國有資產，我們嘉江省司法部門有權對此犯罪行為進行懲處。這與保不保護私有財產根本是兩碼事。」

傅華剛想追問睢心雄：你認為這個司法結論能經得起考驗嗎？沒想到胡瑜非在一旁踢了他的腳一下，傅華轉頭看了看胡瑜非，胡瑜非對他輕輕地搖了搖頭，示意他不要再追問下去了。

傅華想想，也覺得該適可而止了，如果繼續問下去，睢心雄很可能會惱羞成怒；再說他要表達的已經表達的很清楚了，也沒必要非把睢心雄逼到牆腳去，就笑笑說：「原來是這樣啊。」就不再言語了。

見傅華不說話了，睢心雄安排的托趕忙出來講話，又講了一些支持睢心雄的好話。但是睢心雄已經被傅華搞得情緒大壞，直到見面會結束，他的臉色也沒緩和過來。

見面會結束，傅華站起來就想離開，卻被胡瑜非給拉住，胡瑜非說：「你不跟主人告別就離開，可是不禮貌的啊。」

傅華做了個鬼臉說：「我是想告別，不過，我不覺得睢心雄會有心情跟我告別的。」

胡瑜非笑說：「越是這樣你越是要去，不然他會覺得你怕了他。他是個很陰的人，軟欺怕硬，如果讓他覺得你怕他，他反而會想盡辦法來報復你的。走，我們一起去和他打個招呼。」

傅華就和胡瑜非一起來到睢心雄面前，這時楊莉莉已經離開了，睢心雄正和一個企業家談話，看到傅華，睢心雄的臉色微微變了一下，不過還是保持著勉強的笑容。

胡瑜非假意稱讚睢心雄說：「心雄兄，這次的見面會搞得真是精彩啊，我還意猶未盡呢就結束了。」

睢心雄反擊說：「瑜非兄言不由衷了，我看這一晚你都沒說話啊。」

胡瑜非笑了笑說：「精彩的話都讓你講了，我自然是無話可說啦。好了，時間不早了，我要告辭了。」

睢心雄客套地說：「那就再見了。」

傅華趕忙上前說：「睢書記，我今天問的問題可能尖銳了些，沒惹您生氣吧？」

睢心雄心裏暗罵傅華得了便宜還賣乖，卻無法把心中的不滿發洩出來，只好裝糊塗說：「很尖銳嗎？我怎麼不覺得啊？」

傅華笑說：「睢書記沒生氣就好了。」

胡瑜非故意指著傅華說：「你這傢伙，你當心雄兄和你一樣小心眼啊？心雄兄搞這次見面會就是開門納諫的，又怎麼會把你這幾句不中聽的話放在心上呢？」

睢心雄故作大方地說：「瑜非兄不要這麼說，傅先生的話怎麼是不中聽呢？他有那些疑問也是因為他覺得嘉江省的民營經濟上存在一些問題。傅先生放心，我回去會認真的檢討，看看我們還需要做什麼改善。」

傅華不得不承認這個睢心雄在場面上真是做到了滴水不漏的境界，便笑說：「睢書記真是虛懷若谷啊，您身上能讓我學習的地方真是太多了，我在您面前頗有自慚形穢的感覺。」

睢心雄反諷說：「傅先生也不用太過自謙，你把海川市駐京辦搞得風生水起，也是一個難得的人才。我們嘉江省現在正是一個大發展的時期，求賢若渴，嘉江省駐京辦正缺少像你這樣的人才，傅先生要不要考慮到我們嘉江省來發展一下啊？」

傅華心說你當我傻瓜啊，我去了嘉江省還不是掉進你的手裏去了？嘴上卻說：「我也很希望能夠到睢書記手下發展，相信那一定是件愉快的事，但是故土難捨，我無法從海川市離開，所以只能謝謝睢書記了。」

睢心雄假惺惺地說：「那真是太可惜了。」

睢心雄將胡瑜非和傅華親自送到門口，看著兩人上了車，還向兩人揮手告別，算是禮數做到了極致。

第五章

# 從中作梗

睢才熹看高芸絲毫不留餘地的拒絕，
就有點惱火了，忍不住嚷道：
「你當我不知道你和你父親高穹和就是和穹集團的大股東嗎，
你們在和穹集團有絕對的控股權，
什麼股東不同意啊，根本就是你在從中作梗罷了。」

車子一離開梅迪亞中心，胡瑜非就轉頭問傅華：「傅華，你對睢心雄怎麼看？」

傅華語帶保留地說：「不好說。」

胡瑜非笑了起來，說：「在我面前還有什麼不好說的，隨便說，談談你對他的看法。」

傅華回說：「我感覺這個人表面溫和，內心忌刻，是個奸雄式的人物。胡叔，你要小心，恐怕他會把我今晚招惹他的帳都算在你的頭上。」

胡瑜非毫不在意地說：「這我不怕，他千萬不要來招惹我，否則我會要他好看的。這些先不去管他，你說說看，他有沒有進一步的可能？」

這也是很多人想知道的一點，睢心雄如果能再進一步，那就是走進中樞了，很多人就算是不喜歡他，也不得不買他的帳。但是如果睢心雄無法進這一步，那他不過就是一個嘉江省的省委書記而已，出了嘉江省，是沒有人拿他當回事的。

對於睢心雄能否再進一步，傅華也不敢輕易的下這個結論，目前政壇形勢詭譎多變，睢心雄大有從地方進逼中樞之勢，高層對睢心雄卻持一種沉默的態勢，很像黎明前的那段黑暗期，一切都曖昧莫名，傅華還真是無法做到鐵口直斷。

於是傅華笑著搖了搖頭，說：「胡叔，你把我當什麼人了，我可不是什麼給人算命卜卦的大師，我又怎麼能夠知道他能不能進一步呢？」

胡瑜非說：「你不用這麼認真好不好？我又不是要你為他蓋棺論定，我只是想知道你對他的感覺，說錯了也無妨。」

傅華想了想說：「如果單純說感覺，我倒是可以談一談。我覺得睢心雄這個人表面看上去滴水不漏，處處以公正廉明示人，但這並不是真實的睢心雄，而是做出來的，他完全是在按照老百姓心目中完美的官員形象扮演一個完美的睢心雄。但是扮演出來的形象再真實，也是假的，等到大幕拉開的時候，也就是他現形的時候。」

胡瑜非說：「重點就是什麼時候才是大幕拉開的時候，如果等到他走進中樞了，大幕就是拉開，上面的高層也不會讓他現形的。」

傅華笑了笑說：「這一點胡叔你不用擔心，我可以斷定睢心雄是沒有機會再往上一步的。運氣好的話，他能保住嘉江省省委書記的位子就不錯了；運氣不好的話，恐怕連全身而退都不行。」

胡瑜非好奇地看了看傅華，說：「你這麼說有什麼依據嗎？」

傅華說：「依據倒是沒有，只是一種感覺而已。胡叔，您覺不覺得這個睢心雄實在是太聰明了？」

胡瑜非笑說：「他的聰明是我們這些紅色家族中一致公認的，他很小的時候就已經展露出在政治方面的才華了。他父親還很驕傲的對我家老爺子說，他是吾家之千里駒呢。」

傅華聽了說：「胡叔應該知道史記中，太史公對商紂王下的斷語？」

胡瑜非說：「這我記得，太史公說商紂王是知足以距諫，言足以飾非。你是說睢心雄也是一個商紂王一樣的人物？」

太史公司馬遷在《史記・殷本紀》中說：「帝紂資辨捷疾，聞見甚敏，材力過人，手格猛獸，知足以距諫，言足以飾非；矜人臣以能，高天下以聲，以為皆出己之下。」也就是說，商紂王是一個智商很高的人，覺得別人說的都是胡說八道，語言表達也不錯，可以混淆是非，所以認為天下的人都不如他。

傅華笑了笑說：「睢心雄可沒商紂王那個本事，他不過是個虛有其表的人而已。不過在知足以距諫，言足以飾非；矜人臣以能，高天下以聲，以為皆出己之下這些方面，他卻是有過之而不及。他是一個以自我為中心的人，認為別人都不如他，您想，如果讓這樣一個人走進中樞，那其他幾位還要不要玩了？」

胡瑜非不禁說道：「是啊，你這個分析太對了，睢心雄確實是一個走到哪兒都以為自己是地球中心的人，如果真的讓他走進中樞，以他唯我獨尊的性格，別人還真是不用玩了。不過，你說他到最後會連嘉江省省委書記的位子都保不住，不至於吧？」

傅華說：「我倒認為這是很有可能的，光是他性格方面的缺陷，已經足夠致命了，再加上他本身的行為也很不檢點，好色已經是他的最大毛病，如果再有什麼貪腐的行為暴露出來，那他可就完蛋了。據我所知，睢才燾隨便就可以拿出兩千萬和我對賭，可見睢心雄掌握的資產一定是以億萬計的，因此他處處標榜自己清廉，根本是個笑話而已。」

胡瑜非反駁說：「你這個說法我倒是不認同，貪腐、好色，這在一個普通官員身上可能是致命的，但是放在睢心雄身上，問題就沒那麼嚴重了。有些事情你不知道，這些年舉報睢心雄貪腐、好色的資料，在中紀委那裏早就是堆積如山了，但是有他家老爺子的餘威在，高層就是無法下手查處他，所以我認為睢心雄全身而退的機率是很大的。」

傅華進一步分析說：「胡叔，這一點我和您的看法不同。我認為睢心雄不能全身而退，是從睢心雄的性格上做出的判斷，睢心雄的所作所為都是為了走進中樞，一旦他如果確定沒有這個機會時，您想，以他的性格，他會做些什麼？」

胡瑜非看了看傅華，懷疑地說：「你是說他會鋌而走險？」

傅華笑笑說：「您覺得以他的性格，他不敢鋌而走險嗎？」

「按說現在政局穩定，鋌而走險是沒有什麼機會的；但是以睢心雄這種狂妄的性格卻很難說，這的確是不得不防的事啊。」

胡瑜非的眉頭皺了起來，陷入了思索中。

傅華在一旁沒再說話去打攪他。傅華知道胡瑜非一定是在思考如何應對接下來睢心雄可能有的行為。胡家雖然式微，但是與核心政壇卻有著千絲萬縷的聯繫，高層中肯定有他們胡家關係不錯的人，也許胡瑜非是在想讓這個人早做防備，不要讓睢心雄有鋌而走險的機會。

不覺就到了傅華住的笙篁雅舍，傅華準備下車時，胡瑜非從沉思中回過神來，笑著說：「傅華，今天真是謝謝你了。」

傅華說：「胡叔，需要這麼客氣嗎？我不過是說了幾句話而已。」

胡瑜非正色說：「這可不是幾句話而已，而是牽涉到一個路線的問題，我絕對不能看著雎心雄為了一己的政治野心毀掉國家。你今天雖然只是講了幾句話，卻表達出民間不同的聲音，這是目前國家很需要的，有不同的聲音出來，就可以讓雎心雄無法裹挾民意達到他卑鄙的目的。」

傅華不禁笑了起來，說：「原來我今晚說的話還這麼重要啊，早知道我就多說雎心雄兩句了。」

胡瑜非笑說：「你說的這些已經夠了，也不能過於刺激他。你是惹不起他的。我不讓你過度去刺激雎心雄是為了你好，你對雎心雄這個人還是不夠瞭解，雎家為了讓雎心雄走進中樞，這些年做了很多的準備，也安插不少人在重要的部門。說不定就這一會兒，雎心雄的電話就已經打到了某位高層那裏了，也許正在要求撤掉你的駐京辦主任，或者是要對你嚴加懲處呢。」

傅華咋舌說：「他有這麼神通廣大嗎？」

胡瑜非正色說：「有，你怕了嗎？」

傅華毫不畏懼地說：「我不怕，我想他這種愛作秀的人也不敢明目張膽對我怎麼樣的，頂多找人給我雙小鞋穿穿罷了。」

胡瑜非笑了起來，說：「我想雎心雄聽到你這麼說他，一定會把鼻子都氣歪了的。好了，你回去吧，如果你受到了什麼刁難，跟我說一聲，我不會坐視不理的。」

胡瑜非就放傅華下了車，雖然胡瑜非說得好像很嚴重，但傅華並沒有當回事，回到家洗漱了一番之後，很快就熟睡了過去。

第二天上班，傅華例行的翻看著報紙，關於昨天這場見面會，幾個主要的媒體都選擇了無視，根本就沒有隻字片語的報導。

這讓傅華有些意外，按說以雎心雄的性格，安排這場見面會的時候，應該就已經安排好在各大媒體上的版面了，怎麼會出現這樣冷淡的情況？

難道雎心雄沒和媒體打招呼？這顯然不太可能，昨晚也有不少的媒體記者在現場追蹤報導。按理說，就算是不大幅報導，起碼也該有些訊息什麼的。要出現這樣的情況應該只有一個可能，那就是宣傳部門把相關的報導給撤掉了。

如果真是這樣子的話，那問題就複雜了，這似乎代表著某種風向要變了，高層對雎心雄有了態度，而這個態度應該是不利於雎心雄的。

傅華相信雎心雄一定不肯就這麼善罷甘休，如果就這麼不聲不響的，等於是認輸了。一旦認輸，就等於是放棄了走進中樞的機會。所以他必然會做出相應的動作。

果然，傅華在香港的一家媒體網站上看到了關於這次見面會的報導。報導把睢心雄好一陣吹捧，對嘉江省民營經濟出現衰退，報導則說睢心雄的行為好比是清除身體上的毒瘤，毒瘤剛被清除的時候，會讓身體感到虛弱。不過等把傷養好之後，身體卻會更加健康。

看到這個辯解，傅華笑了，他知道這個辯解是專門針對他的。從這個辯解當中，他看出了睢心雄的沒底氣來，因為睢心雄如果對嘉江省現行的政策很有自信，是無需向他解釋什麼的。

另一方面，睢心雄選擇香港的媒體網站發出關於這次見面會的報導，其中蘊含的訊息也很耐人尋味。通常都是一些異議分子才會在外媒上發出國內媒體無法發出的聲音，現在睢心雄也這麼做，難道他也成了異議分子了？還是睢心雄已經無法在全國性的媒體上表達他想表達的想法了？

不管怎麼說，傅華覺得睢心雄這麼做是一次大大的失策，他為了滿足作秀的欲望，饑不擇食的選擇了香港的媒體，反而將他和高層不同調的狀況赤裸裸的呈現在公眾面前。

看來胡瑜非說的還真是有道理，他對睢心雄的質疑已經開始讓睢心雄感到畏懼了，就這一點上，傅華便感覺睢心雄敗象已露。

這時，辦公室的門被敲響了，傅華喊了聲進來，就看到高芸探頭走了進來。

傅華開玩笑說：「這是誰啊，我是應該稱呼你為睢少奶奶，還是稱呼你為高總呢？」

「別嬉皮笑臉的，」高芸沒好氣地說：「我不就是和睢才燾出席了一次見面會，你有必要這麼陰陽怪氣的嗎？」

「我不是陰陽怪氣的，我只是奇怪你怎麼會和睢才燾走到了一起？高芸啊，你選男人的眼光怎麼越來越差了，這個睢才燾看上去不男不女的，這樣的人你也吃得下啊？」傅華取笑說。

高芸白了傅華一眼，說：「沒辦法啊，我倒是看上了某人，無奈那個傢伙不解風情，根本就不搭理我，我只好退而求其次了。」

傅華知道高芸嘴裏的這個傢伙是指他，歉疚地說：「高芸，我知道我對不起你，無法回應你的情意，不過你也別選擇睢才燾啊，他根本就配不上你。再說，我不是向你分析過睢家是靠不住的嗎？你怎麼還和他們扯上關係啊？」

高芸看著傅華，說：「你這是在關心我嗎？」

傅華點點頭說：「是，這是對朋友的關心，我不想看到一個好朋友陷於難測的境地。」

高芸埋怨說：「你這傢伙，就不能說幾句好聽的話讓我開心一下啊？再說，你這麼緊張幹嘛啊？什麼難測的境地，睢家現在就算沒有如日中天，起碼也不是危在旦夕啊。」

傅華憂心忡忡地勸說：「高芸，很多事情你不能只看表面。我跟你說，現在正是各方勢力攤牌的敏感時刻，表面上看風平浪靜，實際上臺面下早就是狂風驟雨，你們高家沒有必要在這時候選擇和睢家綁在一起的。」

高芸聽了，趕緊澄清說：「其實我們根本沒想要和睢家站到一起，是睢才燾黏上了我。」

傅華詫異地說：「睢才燾黏上了你，這是怎麼回事啊？」

高芸說：「你知道的，原本是有人要撮合睢才燾和葵姐的，但是他和葵姐處不來，後來在一次朋友的聚會上，我們剛好碰到，有朋友就起鬨說你們倆都單身，為什麼不湊和湊和算了呢？於是睢才燾便對我展開了瘋狂的追求，又是送花又是請吃飯的，反正一個勁的討好我，現在我正好是感情空窗期，對睢才燾也不討厭，就想當朋友交往看看再說啦。」

「奇怪了，」傅華狐疑地說：「你是說睢才燾一個勁的討好你？」

高芸瞅了傅華一眼，有些不高興的說：「不行啊，話說我高芸也不是太差，你不要我，就不許別人要我了？」

傅華笑了，說：「我不是這個意思，你是大美女，喜歡你的男人當然多的是，不過，睢才燾可不是什麼低三下四的人，我是奇怪他為什麼會這麼對你，難道他就這麼被你吸引嗎？」

高芸哼了聲說：「他就是被我迷住了不行啊?!」

傅華忍不住提醒高芸說：「高芸，我不是要潑你冷水，但你先理智一點，別為了感情的事沖昏頭，你也是個很有頭腦的人，先想一想睢才燾追求你是不是有什麼企圖？」

高芸不以為意地回說：「我看不出他有什麼別的企圖啊，他除了對我好之外，也沒要求從我這裏得到什麼，相反，他還說要投資和穹集團，支持我們和穹集團的發展呢。」

傅華愣了一下，追問說：「他說要投資和穹集團？他沒說他的錢是從哪裏來的？」

高芸說：「他說是他這幾年在德國賺到的錢，他在德國有一家公司，這家公司的產品是利用他讀研博的時候發明的專利，很賺錢的。」

傅華不禁笑了起來，說：「高芸，看來你還真是很喜歡這個傢伙啊。」

高芸瞪了傅華一眼：「你胡說八道什麼啊，我只是先和他交往看看，並不是我有多喜歡他。」

傅華反駁說：「你既然不是那麼喜歡他，那他話中這麼明顯的漏洞，你怎麼會看不出來呢？」

高芸不明所以地說：「什麼漏洞啊，我怎麼想不出這裏面還有什麼漏洞呢？」

傅華笑了笑說：「是你故意視而不見吧？」

「胡說！」高芸嚷道：「傅華，你有什麼話就說，非要這麼帶刺嗎？你再這個樣子，別怪我和你翻臉啊。」

傅華正色道：「好，我說就是了。我先問你，你覺得睢才燾像是個會專心做研究的人嗎？」

高芸奇怪地說：「這有什麼像不像的，做學問的人臉上又沒刻著字。」

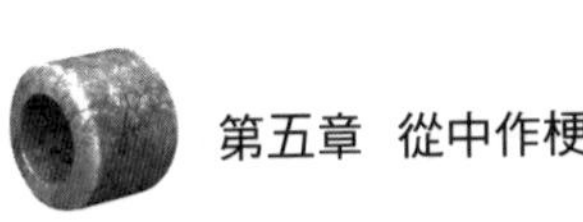


傅華解釋說：「反正我感覺睢才燾不像是做研究的人，他根本就是個紈褲子弟，我就不相信他能搞出什麼具有市場價值的專利來，說得難聽些，他的博士學位還不知道是怎麼搞來的呢！那些高官子弟在國外都是花著父母從國內轉出去的錢，你看過有幾個是賺了外國人的錢轉回來的？」

高芸質疑說：「你是說睢才燾投資和穹集團的錢來路不正？不會吧，睢心雄一向標榜自己操守清廉，外界對他的評價似乎也很高；據說睢才燾在德國各門功課都拿優，學校還給他全額獎學金呢。」

傅華笑了起來，「官員標榜自己清廉的話你也信啊？睢心雄如果清廉，那老母豬也會上樹了。他在東海省工作過，他老婆就利用睢心雄的權勢上下其手，大賺其錢。」

「不可能的，」高芸不相信地說：「前幾天睢心雄還跟我說，他們家除了工資，就沒別的收入了。還說他老婆很賢慧，甘願跟他吃苦，從來不去利用他的權勢賺錢。」

傅華忍不住哈哈大笑起來，說：「這睢心雄還真是臉皮厚，這樣的謊話也說得出口。他老是喜歡把自己裝成一副聖人的模樣，也許這正是睢才燾要把錢投資到你們集團的原因。我認為他應該沒有什麼專利，即使有什麼專利也是經不起檢驗的，他現在想轉回國內發展，勢必要找一個掩護，好掩飾他的錢來路不正，你想，還有什麼會比和穹集團這樣一個在國內數一數二的大企業更好的掩護呢？如果你們成為一家人，那這筆錢的來路就順理成章了。」

傅華可以想像得到，如果睢心雄想要走進中樞，睢才燾再留在國外發展就有些不合宜了，在這種社會輿論環境下，睢心雄肯定要讓睢才燾回國發展；但是回國發展，以睢才燾的高傲，絕對不甘心從基層職員做起，他需要一個高的起點，而這個高的起點，又牽涉到資金的問題。要如何把他帶回國內的資金以及睢心雄的非法資金合法化，是他首先必須要解決的問題。

傅華終於明白為什麼睢才燾回國後，老是圍著一些商界名媛打轉了，先是馮葵，接著是高芸，這些商界名媛有一個共同點，那就是她們手中都掌握著規模不小的企業，資金量大，周轉快，這樣睢才燾將他擁有的資金從國外洗進國內就不會受人注意了。

高芸怔了半晌，也不禁認同傅華的說法很有道理，她看了看傅華，面色凝重地說：「如果真是這樣，那我們和穹集團會被牽累的。哎！這件事我還真是有點欠考慮了，傅華，你說我該怎麼辦啊？」

傅華問：「雎才燾的資金已經進入和穹集團了嗎？」

高芸搖搖頭：「這倒沒有，雙方還只是初步合作的階段，具體的細節還沒開始談呢。雎才燾說，他要讓律師擬出一份詳細的合作協議才會讓資金進入到和穹集團來的。」

傅華慶幸說：「那還來得及，高芸，現在倒是有一個辦法，不過能不能實行，就要看你捨不捨得雎才燾了。」

高芸斥說：「什麼捨不捨得啊，都告訴你我對他沒什麼了，趕緊說你的辦法。」

傅華說：「辦法很簡單，那就是你拒絕接受他的投資，至於理由嘛，我想你這個和穹集團的總經理總找得出來的。」

高芸聽了，說：「找理由拒絕雎才燾倒沒什麼問題。不過，這樣子就能解決問題嗎？」

傅華說：「如果我想得沒錯的話，投資和穹集團進行洗錢才是他和你交往的主要目的，你拒絕了他的投資，他應該馬上就會和你疏遠。不過，也不能排除雎才燾對你是真愛，那樣子的話，他仍舊會黏著你的。」

「去你的，什麼真愛啊？」高芸沒好氣地說：「真愛大概只有在瓊瑤的小說裏才會有。誒，傅華，你非要攪了我和睢才燾的交往，是不是你看我和他在一起吃醋啊？你承認吧，我看你昨晚一肚子邪火都衝著睢心雄去了，讓他差點下不來台，說！你一定是看我和睢才燾走到一起氣的。」

傅華百口莫辯地說：「我的高大小姐，我可是有婦之夫啊，你和我扯到一起很光彩嗎？」

高芸滿足地說：「我不在乎光不光彩，只要知道你心中還有我，我就很高興了。」

傅華很想說他和胡瑜非之所以出席見面會，根本就是去找碴的，所以無論高芸有沒有和睢才燾在一起，他都會對睢心雄發難。但是他看到高芸的眼神中帶著期待，如果此時說出真相，似乎太殘忍了點。

傅華心軟地說：「我心中怎麼會沒有你呢，我始終拿你當做一個真心相待的朋友的。」

高芸甜笑了一下，說：「還好，你總算給我留了點面子，沒說你那麼做根本就不是因為我。誒，傅華，那晚胡叔有沒有生我的氣啊？」

傅華說：「生氣是不至於啦，不過看到你之後，他有些失落倒是真的，畢竟他曾經很希望你成為他的兒媳婦。結果你不但沒成為他的媳婦，還和睢家走到一起，讓他心裏很不是個滋味啊。」

高芸感慨說：「胡叔對我一直都挺好的，我確實有點對不起他。傅華，你說胡叔看到我和睢家走到一起，心裏不是個滋味，這麼說，胡叔對睢心雄有什麼看法了嗎？」

傅華點點頭說：「胡叔很不喜歡睢心雄在嘉江省搞的那一套，他覺得根本行不通，完全是倒退的做法。」

高芸困惑的說：「可是那一套似乎很有市場，很多地方現在都在學睢心雄搞這些啊。」

傅華說：「那是因為北京高層的態度始終曖昧不明，讓下面的人不知道該怎麼做才好，有些投機分子就把賭注押到睢心雄身上。但是我覺得現在情形有些不同了，高層對睢心雄的做法開始有所警惕，風向似乎已經轉向不利於睢心雄的方向。」

「風向要變了，」高芸問：「你為什麼會這麼認為？有什麼跡象嗎？」

傅華分析說：「你注意到今天的報紙沒有？幾個主流的報紙對昨晚的見面會一個字都沒報導，連個消息都沒有，這正常嗎？睢心雄開這次見面會，不可能不聯繫這些主流媒體的。對記者來說，這是個拿紅包的好活，又怎麼會連一個字的報導都不發呢？再說，這次見面會的內容也沒什麼，相關部門也不應該禁止的。」

高芸是和穹集團的總經理，自然知道媒體宣傳的操作方式，聽傅華這麼說，也不由得一愣，說：「我還真沒注意這件事，如果真是這樣的話，那睢家可能真是要出問題了。」

傅華又說：「還有一件很蹊蹺的事，你知道今天是什麼媒體報導了這次見面會嗎？是一家香港的新聞網站，你看這篇報導的內容。」

傅華就找出這家媒體網站，讓高芸看報導的內容。

高芸看完，說出自己的心得：「這篇報導明顯力挺睢心雄，一定是睢心雄收買了這家媒體，讓他們發這篇報導的。」

傅華認同說：「對，肯定是他收買了這家媒體，問題就來了，既然收買，為什麼不收買國內影響大的媒體，反而捨近求遠去收買這家影響力很小的香港網站呢？再是，睢心雄為什麼要這麼著急，即使是通過香港媒體也要把消息發出去？」

高芸猜測說：「那表示國內的媒體他們已經無法收買了，或者說國內的媒體已經不敢和他們打交道了。他急於通過香港媒體發佈消息，是想證明他沒事，還能發出聲音。如果真是這樣，睢家的情形還真是不太妙。傅華，你先等一下，我打個電話給睢才燾，我要趕緊回絕他的投資，免得拖下去讓他把和穹集團給牽連上。」

高芸說著，就掏出電話，也沒回避傅華，就在傅華面前打給睢才燾。電話通了之後，高芸就說：「才燾，有件事我需要和你說一下，你上次不是和我提到投資和穹集團的事，經過我和集團的股東溝通，股東們認為現在集團資金充裕，不需要引進外來投資，所以抱歉了，你的投資目前集團暫時無法接受。」

睢才燾似乎一下反應不過來，好一會兒才說道：「芸，我們不是都說好了嗎？怎麼突然就變了呢？是不是你對我有什麼誤會啊？你放心，我只是單純的投資，並不想對和穹集團謀求什麼的。」

傅華聽睢才燾連芸都叫出來了，忍不住搖搖頭，心說：想不到睢才燾還這麼肉麻，難怪高芸會被他黏糊上。

高芸這邊卻是打定主意不要睢才燾這筆投資了，便婉轉地說：「才燾，我也很想接受你這筆投資，不過我無法說服股東們，股東才是和穹集團的主人，他們不同意我也沒辦法，所以只好拒絕你了。」

「真的不行嗎？」睢才燾低聲下氣的央求說：「芸，你幫我想想辦法，你一定有辦法的，是吧？」

高芸語氣堅定地說：「不好意思啊，才燾，我是真的沒辦法，才不得不開口拒絕你的。」

「高芸，你玩我？」睢才燾看高芸絲毫不留餘地的拒絕，就有點惱火了，忍不住嚷道：「你當我不知道你和你父親高穹和就是和穹集團的大股東嗎，你們在和穹集團有絕對的控股權，什麼股東不同意啊，根本就是你在從中作梗罷了。」

高芸沒想到睢才燾翻臉翻得這麼快，怔了一下，這些日子睢才燾對她百依百順，十分寵愛，讓她不禁有心動的感覺，沒想到他竟然說變臉就變臉，讓她還真是不太適應，便說：「才燾，你怎麼可以用這種口氣和我說話啊？」

睢才燾冷笑一聲，說：「我怎麼不能用這種口氣和你說話？高芸，你以為你是誰啊？你以為你們和穹集團有幾個臭錢，你就是貴婦了嗎？我跟你說，你們集團那點錢我根本沒放在眼中，你們高家不過是個暴發戶而已，我會看上你，還投資你們和穹集團，那是給你面子，沒想到你還給臉不要臉了。」

睢才熹的話句句戳中高芸在意的地方，高雲一向以高貴示人，睢才熹等於是揭了高芸的面皮，高芸無法想像這些日子拿她當公主捧在手心的睢才熹翻起臉來，居然會這麼說她，不由得氣得渾身顫抖，衝著電話叫道：「睢才熹，你混蛋你！」

高芸氣到說不下去了，她雖然是女強人，但是平常接觸的都是文質彬彬的人，從未遇到像睢才熹這樣子無賴的，便不禁回頭看著傅華，委屈地說：「傅華，你看他……」

高芸因為被氣壞了，拿傅華當親人訴委屈，卻忘了她還跟睢才熹通著話。那邊的睢才熹聽到高芸喊出傅華的名字，立時明白高芸講這些話時，傅華就在身邊；加上高芸喊傅華喊得那麼親熱，顯見高芸和傅華關係很親密，八成高芸拒絕他的投資就是因為傅華的授意。

睢才熹簡直氣炸了，他在會所被傅華輸了兩千萬的舊帳還沒算呢，現在傅華又冒出來攪合他和高芸的事，真是是可忍孰不可忍，便火大地在電話中叫道：「姓傅的，你是吃飽了撐著嗎，怎麼到哪兒都有你的份啊，你這是存心和我過不去是吧？」

第六章

# 心結暗生

傅華不忘在背後說道：「黎副廳長，你回去要小心些，你的主子這次計謀沒有得逞，恐怕不會就這麼算了的。」傅華相信經過他的挑撥，兩人一定心結暗生；也因為傅華的急智，黎式申恐怕是跳進黃河也洗不清了。

傅華聽到高芸喊出他的名字時，就知道要壞事了，這件事如果不牽涉到他的話，就僅僅是高芸拒絕接受雎才燾的投資而已，雖然雎才燾也會覺得沒面子，但是顧慮到高芸是一個女孩子，好男不和女鬥，雎才燾頂多生點氣，並不會真的拿高芸和和穹集團怎麼樣。

但是現在把他也牽扯進來，事情就變質了，在雎才燾看來，是傅華要和他爭奪高芸和和穹集團，才會橫插一槓的。這變成了兩個男人的戰爭，雎才燾為了面子，說什麼也會和他硬碰到底的。

此時傅華有口難辯，乾脆從高芸手中把手機拿了過去，說：「雎才燾，你有點男人的風度好不好？高芸不過是拒絕了你的投資罷了，買賣不成仁義在，你有必要這麼口出惡言嗎？」

雎才燾破口大罵道：「放你媽的狗屁，姓傅的！你別當我雎才燾好欺負，我告訴你，你惹到我算你倒楣，你等著瞧，我不弄死你，我不是人。」

傅華也被雎才燾給惹毛了，冷笑一聲說：「雎才燾，你別那麼囂張，你除了有個好爹之外，還有什麼本事啊？你要弄死我是嗎，來吧，我等著！」

傅華說完，沒等雎才燾有什麼反應，就把電話給掛了。

傅華把手機還給高芸，卻見高芸正用崇拜的眼神看著他，他不禁失笑說：「你這麼看著我幹嘛，我的臉上是有什麼嗎？」

高芸含情脈脈的說：「傅華，你剛才罵睢才燾這幾句真是太有男人味了，以前我還覺得你個性軟弱，今天我才知道你還有這麼剛強的一面。」

傅華心說：那是沒辦法，禍已經被你給惹上了，我不剛強也躲不過，還不如表現得強勢一點呢。

他把手機遞過去，笑說：「好了，別拍我馬屁啦。」

高芸接過手機，茫然地問道：「那下面我該幹什麼啊？」

傅華看高芸一副唯他是從的樣子，似乎有他在，什麼問題都可以搞定，就開玩笑說：「我的高總，你的能幹勁兒都到哪裏去了啊？下面該幹什麼還用我教你嗎？」

高芸不好意思地說：「我是覺得你的主意肯定比我的好，聽你的準沒錯嘛。」

傅華心說：我自已都還沒什麼主意呢，便說：「高芸，你要知道你剛才的舉動等於是為和穹集團惹下了一個死對頭，睢心雄這個人可不是好對付的，你該趕緊和你父親商量一下，看要怎麼應對睢心雄父子可能的報復行動才是！」

高芸這才意識到問題的嚴重性，皺著眉說：「我是不是也讓你受到連累了？」

其實傅華知道睢家父子如果真要報復的話，第一個目標可能就是他。但他如果這麼說，高芸的心理負擔會加重，而且也於事無補，便故作輕鬆地說：「我這邊你就不用擔心了，我有應對之策。倒是你，還是趕緊和你父親商量對策，你們和穹集團家大業大，如果被睢家找到什麼弱點，有目標性的來對付你們，那可就危險了。」

高芸點點頭說：「我馬上去找我父親報告這件事。」

高芸走後大約一個多小時，傅華的手機響了起來，見是高穹和的號碼，傅華趕緊接通了。

高穹開口就歉意的說：「不好意思啊，傅華，讓你被連累了。」

傅華一派灑脫地說：「沒事的，高董，反正我也不是這一次得罪睢家了，無所謂啦。」

「你可千萬別不把這件事情當回事，」高穹和嚴肅的說：「我一聽高芸說了事情的經過，馬上就打電話給你，就是怕你太輕視睢心雄了。高芸這孩子實在太急躁了，也不和我商量一下就急著回絕睢才熹，還把你無辜的牽進來，太不應該了。」

傅華說：「高董，你也別怪高芸了，她也是怕和穹集團被睢心雄給拖累，所以才會急著回絕睢才熹的。說起來，我也不算是無辜被牽累，是我勸高芸不要接受睢才熹的投資的。」

高穹和嘆說：「你勸她不要接受睢才熹的投資，這是沒錯的，她不應該的是沒和我商量一個妥善的辦法就去莽撞地拒絕睢才熹，結果把局面搞成現在這麼嚴重。」

傅華忍不住說：「高董，你是不是也太緊張了些啊？睢心雄也沒這麼可怕吧？」

高穹和卻焦急地說：「傅華，你怎麼還這麼輕敵啊，我跟你說，睢心雄要比你想像的還要可怕。你當我不知道和穹集團並不應該接受睢才熹的投資嗎？我也知道。但是我曉得如果貿然拒絕他，就等於是開罪了睢心雄，這個後果可不是和穹集團能夠承擔的。」

傅華雖然認同睢心雄不是個好對付的人，但是他覺得也沒到令高穹和這麼畏懼的地步，就說道：「高董，您也太把睢心雄當回事了。」

高穹和苦笑說：「傅華，你還是不瞭解睢心雄這個人啊，你要是深入瞭解睢心雄在嘉江省的所作所為，就會知道這個人有多可怕了。你知道嘉江省商界把睢心雄叫做什麼嗎？叫做抄家書記。我好幾個在嘉江省商界有頭有臉的朋友都被睢心雄給抓了起來，不但抓人，還沒收了他們全部的資產。」

傅華說：「這我倒是聽說了一點，不過這些都發生在嘉江省，北京這邊似乎他的手還伸不過來。」

「伸不過來，你怎麼知道他伸不過來？睢心雄這次搞得聲勢這麼大，其中一個主要原因就是公安系統對他的無條件配合。你想一想，如果你被嘉江省的警察跑來把你帶去嘉江省，到那時候你要怎麼辦？」高穹和警告說。

傅華愣了一下，嘴硬地說：「我又沒犯什麼罪，嘉江省的警察憑什麼把我帶走啊？」

高穹和不禁斥責道：「你這麼說不是很幼稚嗎？憑什麼？憑長官意志，睢心雄下一個命令，說要把你給抓起來，嘉江省的員警敢不執行嗎？我跟你說，如果讓嘉江省的警察抽冷子真的把你帶走，就算是到時候有人能夠從嘉江省將你給救出來，眼前虧你肯定也是要吃點的，何況他們還會沒事也給你捏造出些事情來。」

「他們敢?!」傅華忿忿不平地說：「這個社會還是有法制的，他們怎麼敢胡亂冤枉好人呢？」

高穹和苦笑說：「現在嘉江省的員警就是敢這麼做，我那些被抓起來的朋友都是被他們嚴刑逼供，不得不承認一些根本就不存在的罪行。就像那個羅宏明的案子，不就是被捏造了事實，讓羅宏明被逼得留在國外回不來的嗎？」

聽到這個，傅華就有些無語了，嘉江省的司法部門擺明了是掌握在睢心雄手中的工具，他想怎麼操弄就怎麼操弄。他還真是不敢想像，如果落到嘉江省的司法部門手中，會是怎樣一個結果。

高穹和又問道：「誒，傅華，這件事你跟胡瑜非說過沒有啊？」

傅華說：「還沒呢。」

高穹和提醒說：「那你趕緊把這件事和胡瑜非說一聲，因為高芸和東強的事，我不好意思再去找他了，但我覺得你既然和他關係不錯，他應該不會袖手旁觀的。」

傅華原本並沒有打算把這件事告訴胡瑜非，但現在看高穹和把事情說的這麼嚴重，他也不敢掉以輕心了，就說道：「好的，高董，我馬上就跟胡叔說一聲。」

高穹和說：「他和睢心雄是同一層次的人物，有能力和睢心雄相抗衡，你看看他要你怎麼應對吧。」

傅華就打電話給胡瑜非，其實他還是有些僥倖的想法，沒太把事情看得很嚴重，便開玩笑的說：「胡叔，你要救我啊，我現在有大麻煩了，睢心雄可能要來抓我了。」

胡瑜非愣了一下，說：「真的假的？北京可不是嘉江省，睢心雄就是膽子再大，也不敢到這裏胡作非為的。」

傅華笑說：「您覺得他不能嗎？那我就不怕了。」

胡瑜非一頭霧水地說：「究竟怎麼回事啊？」

傅華就講了高芸和睢才燾鬧翻，也把他給牽連進去的事。

胡瑜非聽完，沉吟了一下，說：「傅華，你現在在哪裏啊？」

傅華聽胡瑜非的語氣變得嚴肅起來，這才覺得事情可能不像他想的那麼輕鬆，就說道：「我在駐京辦呢。」

胡瑜非著急地說：「那你快過來，我們商量一下要怎麼應對這件事。還有，你過來的時候要注意啊，不要有什麼閃失。」

傅華心開始往下沉，胡瑜非這麼慎重，說明高穹和的擔心不是多餘的，於是立即說：「行，胡叔，我馬上就過去。」

傅華就趕忙往胡瑜非的家前去，還好一路上倒是沒遇到什麼異常的情況，但傅華的心並沒有因此輕鬆多少，現在沒什麼異常，也許是雎心雄還沒來得及安排對付他的手段。

胡瑜非依舊泡著茶等他，見到傅華，就把泡好的茶放到他面前，不過雖然胡瑜非表面上很平靜，傅華卻感受到一股往常不一樣的凝重氣氛，因為胡瑜非臉上沒有往常那種溫馨的笑容。

傅華故作輕鬆地說：「胡叔，一個雎心雄用不著這麼緊張吧？我就不信他還能對我怎麼樣?!」

胡瑜非卻搖搖頭說：「傅華，到這時候你還敢說這種話，說明你很有膽色。不過，對付雎心雄這種人光有膽色是不夠的，高穹和說的話不無道理，所謂光棍不吃眼前虧，我們還是要小心防備，不要著了雎心雄的道啊。」

傅華質疑說：「胡叔，我總覺得雎心雄不會這麼冒失，現在可是他能不能上一步的關鍵時刻，他如果讓嘉江省的員警進京抓人，高層會怎麼看他啊？這還沒有走進中樞呢，就敢這麼囂張，要是走進中樞，豈不是想抓誰就抓誰了。睢心雄但凡有點腦子，應該不敢這麼做的。」

胡瑜非說：「傅華，你分析的不錯，但是你這是從常理上做出的分析，睢心雄這個人是不能按照常理推斷的，他本來就是一個十分狂妄的人，這幾年在嘉江省更是為所欲為，你現在一再的冒犯他，肯定激怒他了。盛怒之下，我不知道他會做出什麼事情來。」

傅華老神在在地說：「如果他真的克制不住自己的話，那他也完蛋了，我們就不用怕他什麼了。」

胡瑜非謹慎地說：「還是小心點好，據我所知，這次睢心雄進京，嘉江省的公安廳副廳長黎式申也跟著進京了，黎式申是睢心雄一手提拔起來的幹將，在嘉江省這次的大整頓中，黎式申可謂睢心雄指哪兒打哪兒，立下了汗馬功勞。現在睢心雄這個主子被你給惹惱了，難保黎式申不會跳出來對付你。」

傅華氣憤地說：「黎式申在北京又沒有執法權！再說，就是有執法權，他也不能為所欲為啊？我又沒犯什麼罪，他沒有理由找上我的。」

胡瑜非冷哼說：「還需要理由嗎？嘉江省一個官員公開質疑睢心雄的整頓活動，結果黎式申就把這個人抓去了，連審都沒審，直接送去勞教所勞教了一年。你是不是也想去勞教一下啊？」

傅華不禁毛骨悚然起來，睢心雄和黎式申居然敢這麼目無法紀、為所欲為，簡直是太可怕了。如果他這個小小的駐京辦主任落到這樣的人手中，下場肯定很淒慘。

傅華就說：「胡叔，那我下一步要怎麼辦啊？」

胡瑜非憂心忡忡地說：「現在我也沒有什麼好辦法，只能小心防備了。你最近這段時間要儘量注意一下嘉江省警方的人，一旦有這樣的人出現在你身邊，你要馬上通知我，我會通過關係和北京的警方打招呼的，不讓他們有機會把你帶走。你自己最好也找些人保護你，儘量不要落單。」

傅華皺眉說：「胡叔，這樣是不是也太被動了點啊？」

胡瑜非無奈地說：「不被動不行啊，你必須要先防備睢心雄的人對你下黑手。」

傅華大嘆說：「可是這樣子我要提心吊膽過日子到什麼時候啊？如果在自己家門口都不能安生過日子，這活得還有什麼勁啊?!不行，我不能這樣子被動挨打。」

胡瑜非狐疑地看了看傅華，說：「那你想怎麼辦？」

傅華不喜歡處於這種被動受攻擊的境地，於是說：「我要反擊，我不能讓雎心雄覺得我是個軟柿子，我要讓他知道我是隻刺蝟，他要是敢碰我的話，我會讓他的手被扎出血的。」

胡瑜非反問道：「那你想怎麼辦？」

傅華賭氣說：「我就不信雎心雄和黎式申可以在現在這個法制社會為所欲為，我想他們在嘉江省做的那些事，肯定有很多人不滿，我要聯絡這些人，一起發出不鳴之聲。既然我和他已經走到了對立面上，那就各憑本事鬥個輸贏。」

胡瑜非忍不住說：「傅華，你要知道你對付的這個人可是一省的省委書記，還有可能成為高層的一分子。」

傅華絲毫不畏懼地說：「這我知道，但是我也知道一點，越是看似強大的對手，往往越是不堪一擊。雎心雄誠然是一省的省委書記，現在氣勢如虹，但越是這個時候他越是脆弱，越是會被人們用放大鏡來檢視，也就越容易被打倒。」

傅華之所以有這個信心，是因為他覺得已經接近高層要揭開底牌的時候了，高層的態度應該很快就會明朗化。雎心雄雖然現在看似風光，實際上卻是錯漏百出，傅華相信高層絕不會允許這樣一個人進到權力核心的。

另一方面，傅華也覺得睢心雄想走進中樞，難道別的人就不想嗎？因此睢心雄肯定不會沒有競爭對手。那些人也不會就這麼看著睢心雄而不有所行動的，因此在對付睢心雄這一點上，他並不孤單。他希望能夠形成一股團結的力量，將睢心雄狙擊下馬。

見傅華義憤填膺的樣子，胡瑜非忍不住讚嘆說：「有氣魄，傅華，叫你說的我也有點手癢了，這樣吧，我們爺倆就聯手和睢心雄好好地鬥上一鬥好了，我倒要看看睢心雄這個狂人能不能橫到底。」

傅華笑了，說：「胡叔，您這麼一說，我就有底氣了。」

胡瑜非叮囑傅華：「你先回去吧，我會幫你聯絡一些被睢心雄無辜整治的人，讓這些人站出來質疑睢心雄比什麼都有說服力。還有，你告訴高穹和高董，胡家和高家總還有一段淵源，胡家是不會看著別人欺負高家坐視不理的，所以如果睢心雄什麼地方為難了他們，讓他和我說一聲，能幫忙的我一定幫忙。」

傅華笑說：「還是胡叔您夠義氣啊，高芸和東強鬧得那麼僵，你還能這麼幫高家。」

胡瑜非嘆說：「高芸的事那是東強沒福分！行了，你先回去，記住，要小心啊。」

傅華應道：「行，胡叔，我心中有數的。」

傅華就離開胡瑜非家，看看時間已晚，他就沒回駐京辦，直接回家了。

剛進家門，他的手機就響了起來，看看號碼，很奇怪，是一個不熟悉的國際電話，遲疑地接通了。

「你好，傅華，你是哪位？」

對方是個男人，說：「你確實是傅華傅先生嗎？」

傅華說：「我是，你是哪位？」

男人說：「我是羅宏明啊，你知道我是誰吧。」

傅華愣了一下，他沒想到竟然是羅宏明打來的，立即回說：「羅先生，我知道你是誰；不過，我不知道你打這個電話給我是為什麼。」

羅宏明解釋道：「我很冒昧的打這個電話，是想對你說聲謝謝。我聽朋友說，你在睢心雄那個混蛋搞的見面會上，公開質疑睢心雄的行為，替我主持公道。我被逼得無法回國這麼長的時間裡，總算有人替我說句公道話了，所以我才找到你的電話，想親口對你說聲謝謝的。」

傅華當時只是就事論事而已，並沒有要為羅宏明聲張正義的意思，而且據說羅宏明實際上和睢心雄是一丘之貉，互有勾結，並不是什麼好貨色。因此傅華對羅宏明並無好感，就客套地說：「羅先生客氣了，我只是提出這件事，並沒有真的幫到你什麼。」

羅宏明感激地說：「謝謝是一定要的，睢心雄在國內很有勢力，敢當面去質問他的，傅先生還是第一人，這個意義十分重大，說明國內也有不怕睢心雄的人啊。」

傅華聽了，說：「睢心雄本來就沒什麼可怕的，他是國家任命的幹部，必須要遵守國家的法度，如果違反了國家法度，也應該要受到懲罰。所以你為什麼不回來講清楚呢？」

羅宏明苦笑說：「一方面是我沒那個勇氣，再說，我能講清楚嗎？司法部門都掌握在睢心雄那個混蛋手中，尤其是那個省公安廳的副廳長黎式申，是睢心雄的忠實走狗，如果我落到黎式申手中，可能還沒等我講清楚就沒命了，所以我只能滯留海外啊。」

羅宏明說的也沒錯，傅華也不好再講什麼了，就說道：「是這樣啊，那我還有什麼可以幫你的嗎？」

羅宏明說：「是這樣子，我知道傅先生是一個能為我仗義執言的人，我想請傅先生幫我一個忙，幫我遞一份資料給中紀委。」

傅華詫異地問說：「什麼資料啊，是關於睢心雄的嗎？」

羅宏明說：「不是的，睢心雄狡猾得很，收受賄賂什麼的，從來都是經過別人的手，出來玩女人也要他的秘書先檢驗一下場所有沒有攝影機之類的東西，確信沒有了他才敢玩，所以我手裏沒有他犯罪的直接證據。」

傅華納悶地說：「不是睢心雄的，那是誰的？」

「是黎式申的，我跟你說傅先生，這裏面我曼恨的人就是黎式申，我對這傢伙可謂是仁至義盡，任何給睢心雄的東西，我都給黎式申也準備一份，甚至送給睢心雄的女人，這傢伙也要先抽頭，誰知道這傢伙最後竟然還是幫睢心雄來害我。」羅宏明忿忿地說。

「先抽頭？」傅華有些驚訝的說：「你的意思是，送給睢心雄的女人，黎式申要先睡一下？」

羅宏明說：「是啊，睢心雄很信任黎式申，送給他的所有東西都要先經過黎式申這一關，女人也一樣；當然，也不是每個女人黎式申都先睡過了才獻給睢心雄的，黎式申睡的那幾個都是他看上眼的。」

傅華早就聽過一些官員共用情婦的傳言，但是那些都是傳言，這還是第一次聽到有人證實確有其事，心中不禁暗自搖頭，關係還真是夠亂的。

這時候傅華多少也明白了一些，看來黎式申雖然是公安廳的廳長，卻沒有比睢心雄更小心謹慎，才會被羅宏明留下了證據。只是不知道睢心雄萬一知道他玩的女人事先都被黎式申睡過，會是一個什麼樣的表情？

傅華問：「羅先生，你手頭的資料究竟是什麼？視頻嗎？」

羅宏明說：「不僅僅是視頻，還有一些我送錢給黎式申時的錄音，我知道黎式申和睢心雄都不是什麼好鳥，所以就多了一個心眼。現在我將這些整理了一份，通過航空快遞寄給你，請你注意查收。」

「行，我知道了。我會注意的。」傅華回道。

羅宏明不忘提醒傅華說：「那我就先謝謝傅先生了。不過，還有一點，你要注意安全，黎式申在嘉江省可是一個膽大妄為、殺人不眨眼的魔王，什麼壞事都敢幹的，你要小心不要讓他知道這件事是你在幫我辦，不然的話，很可能會危到你的生命安全的。」

傅華承諾說：「我會小心的。」

羅宏明就掛了電話。

傅華不禁開始思考要怎麼運用羅宏明寄過來的這些資料。目前形勢對他來說十分緊急，黎式申隨時都可能找上門來，最好是能馬上將這份資料遞交給中紀委，先把黎式申給控制起來再說。但是從美國寄過來的航空快遞，需要一點時間才能到他手裏，這就有點遠水解不了近渴了，眼下還是要儘量防備睢心雄和黎式申有什麼對他不利的動作。

第二天一早，傅華照常來到駐京辦，進了辦公室之後，他就交代海川大廈的警衛幫他注意有沒有外地的警察出現，特別是來自嘉江省的，一旦看到這樣的人，馬上就通知他。

傅華電話才剛打完沒幾分鐘，樓下大廳就打電話來，說是有幾位來自嘉江省的警察說要找他。傅華心裏一驚，心說黎式申的動作還真快，這麼快就找上門來了。就吩咐說：「就說我有事，讓他們先在下面等一下。」然後馬上撥電話給胡瑜非，告訴他嘉江省員警找上門來的事。

胡瑜非說他馬上就聯繫警界的熟人，讓北京警方立即派人去海川大廈，叫傅華儘量拖延時間，千萬不要讓嘉江省警方將他帶走。

傅華說：「行，胡叔，我會儘量拖延時間的。」

胡瑜非掛了電話後，傅華站起來走向窗邊，忐忑不安的望著樓下，看到樓下停車場停著兩部警車，看情形，他們這次來的人還不少，大有非將他帶走的架勢。

傅華心中越發的不安起來，立刻抓起電話打給章鳳，交代說：「章鳳，你把海川大廈的保安都幫我調到駐京辦這邊來。」

章鳳愣了一下，說：「姐夫，出什麼事啦？」

傅華語氣急迫地說：「我惹上了點麻煩，嘉江省的警察現在就在大廳，他們很可能是想把我帶到嘉江省去。」

章鳳意識到傅華這次惹的麻煩恐怕不小，而且迫在眉睫，便也沒問追究竟是怎麼回事，立即說：「行，我馬上讓保安部的人趕過去。」

幾分鐘後，順達酒店的保安就到了傅華的辦公室，傅華看來的保安有五個人，心裏多少安定了一些。

此時，大廳的員工打電話上來，緊張地說：「傅主任，我攔不住那幫人，他們硬闖上去了。」

傅華知道大廳也無法拖延太久時間，能夠讓他有這段準備時間已經很不錯了，就說：「行了，你別管了，謝謝你了。」

過了一會兒，辦公室的門被敲響了，傅華喊了聲進來，就看到一個四十多歲，中等個子，留著平頭的男子站在那裏。

男子並沒有穿警服，而是一身看上去很昂貴的名牌休閒裝。男子身後則是四名穿著警服的壯漢。傅華看男子目露凶光，一副陰狠的樣子，就猜測這名穿休閒服的男子可能就是黎式申了。

男子進門後，看到傅華身後站著的五名保安，有點不屑的笑說：「你就是海川市駐京辦的主任傅華？看樣子你早就有所準備了。」

傅華硬著頭皮，點點頭說：「我就是，你是哪位？」

「我是嘉江省公安廳的副廳長黎式申，」男子冷冷的說，走過來將一張傳票丟到傅華的辦公桌上，說：「我懷疑你與嘉江省的一起經濟犯罪有關，現在傳喚你到嘉江省公安廳協助調查，請你馬上跟我走一趟。」

果然是黎式申這個混蛋，這傢伙還真會編造理由啊，我這輩子還從來沒去過嘉江省呢，又怎麼會和嘉江省的經濟犯罪有關呢?!

傅華冷靜地說：「慢著，你說你們是嘉江省公安廳的，證件呢？」

黎式申冷笑一聲，說：「想看證件是吧？喏，這是我的證件。」

黎式申就將證件遞給傅華，傅華拿起來仔細的翻看著，還特別看著證件上的照片比照了一下黎式申的臉，然後才將證件還給黎式申，說：「黎副廳長，你們是不是搞錯了，我從來沒去過嘉江省，又怎麼會牽涉到嘉江省的經濟犯罪呢？」

黎式申強勢地說：「你去沒去過嘉江省我不知道，但是現在有嫌犯供稱你有涉案，我們就必須要請你去協助調查。好了傅主任，我們走吧。」

傅華趕忙說：「不行，我不能跟你們走，事情還沒搞清楚呢！黎副廳長，你說清楚，我究竟是涉及到什麼經濟案件，說我涉案的嫌犯又是誰啊？」

黎式申看了傅華一眼，說：「有關案情的事，你到了嘉江省公安廳之後，自然會讓你知道的，現在跟我們走吧。」

此刻，北京的警方還是蹤影皆無，傅華心裏著急不已，心說這幫傢伙的行動怎麼這麼慢呢？再不來的話，我都要被帶走了。

他只好繼續拖延時間，哪怕是廢話也不管了。就看著黎式申說：「不行，我不能跟你們走，你們是嘉江省的警察，在北京是沒有執法權的，就算我真的涉案了，也需要北京警方同意才能和你們走。」

黎式申蠻橫地說：「只要你違法了，警方在任何地方都有執法權的。你找這麼多理由就是不想跟我們走吧？」

傅華看出黎式申想翻臉直接來硬的，他示意保安們做好準備，然後衝著黎式申點點頭說：「對，我就是不想跟你們走，你能怎麼樣？」

「我也沒打算你會老老實實的跟我走的。」黎式申冷笑一聲，一個箭步竄到傅華面前，傅華還沒反應過來，一支冰冷的槍口就頂在他的咽喉處。

幾名保安看情形不對，想衝過來解救傅華。但是已經晚了，黎式申大叫道：「都別動，你們誰動就是抗拒員警執法，我有權將這個姓傅的擊斃。」

保安們僵在那裏，擔心一動黎式申會真的開槍。

傅華這下傻眼了，後背上的冷汗直冒，他這時候才知道黎式申一開始就準備要用槍來對付他的。現在他的命握在黎式申手中，就算他不想和黎式申走，恐怕也很難了。傅華暗自埋怨自己太大意了，早知道這樣子，他該接到大廳電話時就遁逃掉，那樣也不用這麼被動了。

黎式申看勝券在握，很囂張的看著傅華說：「傅主任，現在可以和我走了吧？」

傅華的大腦在飛速的運轉著，究竟要跟黎式申走還是不跟黎式申走？走的話，他一定會被睢心雄編造的那些莫須有的罪名誣陷，後果不堪設想；可是不走的話，又會面臨黎式申當場將他擊斃的險境。人死了，可就什麼都完了。

傅華知道這時候他絕不能走錯一步，走錯一步，可能連命都沒有了。

但是傅華也不甘心就任憑黎式申擺佈，他冷冷的看了看黎式申，強自鎮靜的說：「黎副廳長，你有沒有搞錯，這裏是北京，可不是你隨便就能開槍的地方，你想過開槍的後果嗎？」

黎式申意外地說：「嘿，想不到你一個小小的駐京辦主任還是個亡命之徒啊，居然對著我的槍口還能說出這番話來。不過你打錯算盤了，就算這裏是北京，我也會該開槍就開槍的，我是依法執行公務，誰也不能說個不字。至於我敢不敢開槍，不怕讓你知道，死在我槍下的罪犯不下十個，你可別想鋌而走險，做我下一個槍下鬼啊！」

傅華心說：糟了，看來是唬不住這個混蛋了，這傢伙真有可能開槍的。這可怎麼辦？難道就跟這混蛋去嘉江省嗎？

就在這時，他突然急中生智，想到了羅宏明昨天說的錄下黎式申的錄音和視頻。雖然羅宏明說儘量不要讓黎式申知道他參與這件事，但是在這山窮水盡的時刻，還是想辦法先解決眼前的危局才是。這些資料雖然還沒寄到，但是未嘗不可拿來利用一下，先嚇一嚇黎式申。

這些視頻和錄音對傅華來說無異是最後的救命稻草，他便搖搖頭，說：「黎副廳長，別囂張了，說起來你很可笑啊，被人利用了還不知道呢。」

黎式申納悶地說：「姓傅的，你胡說八道些什麼，你也不打聽打聽，我黎式申是什麼人？只要我瞪下眼，嘉江省都要顫一顫的，誰敢利用我?!」

傅華譏刺說：「黎式申，你可真夠猖狂的，你說你瞪下眼嘉江省都會顫一顫，你把你的主子睢心雄擺在什麼地方啦？這是有想騎到他頭上的架勢啊。難怪睢心雄看你不順眼了，」

「胡說八道，」黎式申叫道：「你可別瞎挑撥，我對睢書記是很尊重的，睢書記對我也別提有多信任了。」

「真的嗎？」傅華反駁說：「你真以為睢心雄對你很信任嗎？」

睢心雄是一個明裏故作大方，暗中卻心存忌刻的人，黎式申是睢心雄的心腹，不會不知道睢心雄的個性，所以傅華故意這麼說，好在黎式申心中埋下猜忌的種子。

「當然了，我對睢書記忠心耿耿，睢書記當然會無條件的信任我的。」

黎式申嘴硬的說。

傅華聽得出來，黎式申說這句話時，底氣已經有點不足了，就笑笑說：「黎副廳長，你附耳過來，聽我跟你說句話。」

傅華故意要跟黎式申說悄悄話，是想要製造一種懸疑的效果，現場還有四名嘉江省的警官，這四名警官中，說不定就有睢心雄安插的奸細，他和黎式申小聲嘀咕的動作肯定會傳入睢心雄的耳朵裏，必定會造成這兩人間的互相猜忌。

黎式申懷疑地看著傅華說：「你想幹嘛？告訴你，別想算計我啊，我真的會開槍的。」

傅華笑笑說：「你槍口還對著我的咽喉呢，我哪敢算計你啊，除非我不要命了。你不用害怕，我只對你說一句話，而且這句話對你是有好處的。」

黎式申遲疑了一下，說：「你要說什麼，就公開說出來好了。」

傅華故弄玄虛地說：「我如果公開說出來的話，恐怕對你不太好。黎副廳長，你不會連聽我說句話的膽量都沒有吧？」

黎式申被傅華的激將法刺激地說：「行，我倒要看看你能玩出什麼花樣來！」便把槍對著傅華的咽喉，耳朵貼到傅華的嘴邊。

傅華低聲說：「黎副廳長，你真當睢心雄不知道羅宏明送給他玩的那些女人，其中有不少是被你先玩過的嗎？」

黎式申身子一震，詫異地道：「你怎麼知道的？」

傅華笑說：「我是從一個在中紀委的朋友那裏知道的，羅宏明將你舉報到中紀委，據說他錄了一些你的視頻和錄音寄到中紀委，中紀委就和你的主子通了一下氣，把這些資料給他看了。你想想，你的主子知道這件事情後，會怎麼樣來報復你。」

黎式申身子哆嗦了一下，傅華看到這個情形，知道他的計策奏效了，便繼續說道：「你知道他為什麼讓你來抓我嗎？他知道我的個性是絕不會低頭的，就是希望我們倆能夠衝突起來，到時候我出了事，他就可以借機處分你，將你處理掉。這可是個一石兩鳥的毒計啊。」

「不可能！」黎式申惶恐的叫道。

就在這時，辦公室的門猛地被推開，幾名荷槍實彈的員警衝了進來，槍口指著黎式申喝道：「槍放下！」

傅華知道是北京的警方趕來了，心中長出了一口氣，心說你們總算來了，差點我的小命就要送在這裏了。

看到黎式申還在猶豫不決的樣子，傅華有恃無恐地說：「黎副廳長，這時候你還不明白嗎？如果你還不放下槍，我們倆都會被一起處理掉的。」

黎式申心中其實也有些懷疑自己被睢心雄利用了，睢心雄生性多疑，如果真的知道他曾經先睡過羅宏明送給睢心雄的女人，是真的有可能找機會將他處理掉的。

好漢不吃眼前虧，黎式申就將手中的槍舉高了，說：「大家別誤會，我是嘉江省公安廳的副廳長黎式申，現在是在執行公務。」

「執行公務為什麼不向我們北京警方通報？」北京警方為首的一位警官質問道：「再說，執行什麼公務需要動用槍械？這裏可是北京，不是嘉江省，在這裏開槍可不是一件小事。」

黎式申解釋：「這位傅華傅主任涉及到一起經濟犯罪案件，我們想請他去嘉江省協助調查，他不配合，逼得我只好採取強制措施。」

「協助調查？」北京的警官毫不示弱地說：「既然是協助調查，憑什麼用這種強制措施？趕緊把槍給我收起來！這位傅主任是東海省官員，你要帶走他，也需要向東海省打聲招呼，你就這麼闖上門來強行把他帶走，算是怎麼一回事啊?!」

黎式申趕忙將槍收起來，說：「不好意思，因為事態緊急，所以沒有照一般程序行動。」

北京警官強勢地說：「那可不行，這是你們的失誤。對不起，今天這位傅主任你不能帶走，如果需要強制拘傳他到案，請你先辦好手續再來。」

黎式申看這情形，知道今天是很難將傅華帶走了，就笑笑說：「行啊，不帶走就不帶走，那我們就先回去了。」

黎式申就帶著嘉江省的員警準備離開，傅華還不忘在背後說道：「黎副廳長，你回去要小心些，你的主子這次計謀沒有得逞，恐怕不會就這麼算了的。」

傅華這話是在提醒黎式申，睢心雄絕不會就這麼放過他的。傅華相信經過他的挑撥，兩人一定心結暗生；也因為這次傅華的急智，黎式申在睢心雄面前恐怕是跳進黃河也洗不清了。

第七章

# 劃清界限

馮葵說：「我們馮家已經沒有我爺爺在時的威風了，
這些年來為了自保，馮家在政壇上一直保持中立，
這次卻因為你破壞了這個規矩，馮家不得不向睢家叫板，
我姑姑很不高興，甚至勸我和你劃清界限呢。」

黎式申走後，傅華趕緊對那名為首的警官握了握手，感謝地說：「剛才真是謝謝你了，您怎麼稱呼？」

那名警官說：「北京刑偵總隊，萬博。傅主任，你沒事吧？」

傅華說：「沒事，不過如果您再晚來一步，就很難說了。」

萬博大讚說：「傅主任，你很不錯啊，黎式申可是出了名的狠角色，在他的槍口下你還能臨危不亂不慌張，果然是個人物，有機會我們要好好認識一下。」

傅華笑笑說：「好啊，什麼時候我請您吃飯，也謝謝您的救命之恩。」

萬博回說：「不用這麼客氣，我也是受人之托，他讓我保證絕不讓你被嘉江省警方帶走。」

這時，萬博的手機響了起來，萬博看了看號碼，笑說：「這不是嗎，托我的人打電話來了。」

萬博接了電話，說：「胡董，幸不辱命。傅主任就在我旁邊，沒有被黎式申帶走。」

胡瑜非在電話那頭長出了口氣，說：「還好！老萬啊，這次真的謝謝你了。」

萬博說：「胡董就無需這麼客氣了。胡董啊，這位傅主任也是個人物，剛才都被黎式申拿槍頂著咽喉了，還能談笑風生，不簡單啊。」

胡瑜非笑說：「我胡某人的朋友都是硬漢的。老萬啊，我還得麻煩你，你現在把傅華送到我家來，我擔心嘉江省那邊不會就這麼善罷甘休，所以必須馬上和他商量一下對策。」

萬博一口應承說：「這是多大的事啊，行，我馬上就把他送去您那兒。」

傅華就隨萬博和警方的人一起去了胡瑜非家，胡瑜非又當面感謝了萬博。

等萬博和警方的人離開後，胡瑜非趕緊問道：「快跟我說說詳細的情形。」

傅華就把當時的驚險經過詳細講了一遍給胡瑜非聽，胡瑜非聽完，也是驚出一身冷汗，看著傅華說：「還好黎式申相信了，要不然你就完蛋了，知道嗎？黎式申當年是靠剿滅擊斃兩名持槍悍匪起家的，一旦他對你有所懷疑，手指一勾，你可就沒命了。」

傅華只覺得後背一陣發涼，苦笑了一下，說：「胡叔，你就別嚇我了，我的心到現在還砰砰直跳呢。但是當時的情形也容不得我有別的選擇，只有硬著頭皮嚇唬他了。」

胡瑜非聽了說：「也是，誒，回頭你接到羅宏明寄過來的資料，馬上給我，我負責幫你轉交給中紀委的同志，這應該夠雎心雄喝上一壺的。」

傅華點點頭，說：「好的。誒胡叔，您覺得黎式申和雎心雄會不會對我有進一步的行動啊？」

這是傅華現在最擔心的一個問題，今天他僥倖逃過一劫，可是不代表他下回還可以這麼好運，他總不能時時刻刻都把萬博帶在身邊，現在他等於是被嘉江省警方給盯上了，一旦落單，很可能就會再次落入黎式申的手中。

胡瑜非眉頭緊皺地說：「這很難說。雎心雄那個人十分陰險，你這回算是把他惹毛了，他肯定不會就這麼善罷甘休的。你等一下，我打個電話給你們的省委書記馮玉清，讓她出面干預一下這件事。你畢竟是東海省的人，雎心雄不經過馮玉清的同意就來動你，馮玉清知道後，肯定不會就這麼聽之任之的。」

胡馮兩家的關係一直很不錯，胡瑜非就直接打電話給馮玉清。

馮玉清接了電話，說：「瑜非哥，找我有什麼事情啊？」

胡瑜非劈頭就問道：「玉清啊，我說你這東海省的省委書記究竟罩不罩得住啊？」

馮玉清納悶地說：「什麼罩不罩得住啊，這是什麼意思啊？」

胡瑜非說：「看來你還不知道啊，睢心雄要抓你們東海省的人，沒有知會你一聲嗎？」

馮玉清愣了一下，說：「睢心雄要抓我們東海省的人，他要抓誰啊？」

胡瑜非說：「是我的一位朋友，海川駐京辦……」

沒等胡瑜非說完，馮玉清便驚叫一聲：「他要抓傅華？人被他帶走了沒有啊？」

胡瑜非不知道傅華和馮葵以及馮玉清之間早有往來，看馮玉清這麼著急，有些困惑地道：「你知道傅華？」

馮玉清著急地說：「是啊，瑜非哥，你還沒說人被帶走了沒呢？」事關傅華的安危，如果傅華有什麼閃失，馮葵肯定會崩潰的。

胡瑜非說：「人在我這裏，還好沒被帶走，不過今天情形十分驚險，睢心雄派黎式中強行要將傅華帶去嘉江省，連槍都拔出來了，幸好我早有防備，找了北京刑偵總隊的副總隊長萬博，這才逼著黎式中放人了。」

馮玉清火大地說：「居然還動了槍？這睢心雄也太不把我放在眼中了，東海省的人也是他隨便就能帶走的嗎?!」

胡瑜非嘆說：「是啊，我也覺得睢心雄這幾年狂妄的不知道自己姓什麼了，大概是他覺得可能要成為核心的領導成員了，就可以不把你這省委書記放在眼中了。」

「核心領導成員，」馮玉清冷笑一聲，說：「他想得美，等他真正成為了再這麼囂張也不遲啊。現在他是中樞委員，我也是中樞委員，他有什麼資格越過我來抓人啊！誒，瑜非哥，說了半天，你還沒告訴我傅華究竟是因為什麼事開罪了睢心雄呢？」

胡瑜非有些愧疚地說：「這要怪我，是我看不慣睢心雄搞的那一套，就讓傅華出面向睢心雄唱了幾句反調。睢心雄受不了這種難堪，就編造理由讓黎式申出面抓人來了。」

馮玉清不禁埋怨道：「瑜非哥，你這就不應該了，你又不是不知道睢心雄那個人心眼窄，你看不慣他的所作所為，自己出面和他對著幹就是了，去攛掇傅華出來幹什麼啊。」

胡瑜非懊惱地說：「我現在也很後悔不該這麼做，不過現在說這些也晚了，還是想想該怎麼對付睢心雄吧，我想睢心雄不會就這麼罷休的。」

馮玉清冷笑一聲，說：「睢心雄交給我好了，你怕他我可不怕，你等著！我這就打電話去罵他一頓，他算是哪根蔥啊？東海省現在是我在管，他要動東海省的人也要先經過我這一關，如果他敢再擅自抓我的人，我會直接找中樞要人的。」

胡瑜非笑說：「我就知道你不會讓睢心雄這麼肆無忌憚的。」

馮玉清哼了聲說：「這個睢心雄真是有點不知道自己幾兩重了，居然敢讓人持槍在北京抓人，他想幹嘛，真的以為天下是他睢家的嗎？我看他不知死活才是真的。行了，我要打電話罵他了，就這樣吧。」

馮玉清掛了電話，胡瑜非轉頭看向傅華，說：「你們省委書記這個電話一打，睢心雄應該沒膽量再來騷擾你了，暫時你該沒事了。」

傅華也估計馮玉清打了這個電話後，睢心雄就應該有所收斂，馮玉清畢竟是東海省省委書記，是和中樞高層有著密切聯繫的人，睢心雄就算再狂妄，也不敢不把馮玉清放在眼中的。

傅華鬆了口氣說：「謝謝您了胡叔，這下我安心多了。」

胡瑜非笑笑說：「別客氣，這個麻煩也有一部分是我給你惹的。誒，原來馮玉清早就認識你啊，我怎麼沒聽你說過啊？」

傅華笑了一下說：「馮書記初來東海時，和我的老上司曲煒在北京見過面，當時我也陪同前去，所以認識。」

傅華之所以不提馮葵，是因為他和馮葵的關係見不得光，倒不是想刻意隱瞞胡瑜非。

胡瑜非不疑有他，點點頭說：「原來是這樣啊。不過傅華，現在睢心雄表面上是無法對付你了，但是不代表在別的地方就不會找你的麻煩。希望羅宏明的資料夠分量，能夠扳倒睢心雄，否則總是個麻煩。」

傅華勸慰說：「胡叔，我倒覺得不需要太擔心什麼，因為我想他恐怕還有比我更重要的事和人要去擔心呢。」

胡瑜非不解地說：「你指的是什麼啊？」

傅華笑說：「我指的是黎式申，我想睢心雄一定不滿黎式申今天沒有成功將我帶走，八成會遷怒黎式申，而黎式申心中也在擔心睢心雄知道了他不忠誠的事。這兩個傢伙都不是省油的燈，接下來應該會看到一場狗咬狗的好戲的。」

胡瑜非訝異地說：「你是說他們會先窩裡反？」

傅華點點頭說：「我是這麼認為的。」

胡瑜非思索起來：「黎式申可是睢心雄得力的幹將，睢心雄很多事都是他經手辦理的，如果他們衝突起來，可就意味著睢心雄的氣數已盡了。」

傅華說：「胡叔，您不覺得睢心雄在嘉江省的作為完全是倒行逆施，早就算是氣數已盡了嗎？」

胡瑜非聽了說：「是啊，睢心雄做得確實是太過分了，如果讓他得逞，那也太沒天理了。」

這時，傅華的手機響了起來，是章鳳打來的，他趕忙接通了，說：「章鳳，我沒事了，謝謝你了。」

章鳳擔心地說：「姐夫，真的沒事了嗎？保安告訴我當時的場面十分凶險，你還被人用槍頂著，你到底惹上了什麼麻煩啊？」

「這件事一兩句話解釋不清楚，回頭我再和你說，反正事情解決了。誒，這件事你回去不要跟爸爸講，別讓他擔心。」傅華提醒章鳳。

章鳳說：「這我知道，如果再有什麼需要我幫忙的，跟我說一聲！沒事我就掛啦。」

章鳳掛了電話。傅華轉而對胡瑜非繼續說道：「胡叔，我認為目前高層對睢心雄的態度有些轉變，形勢正朝著不利於睢心雄的方向發展，如果我們能夠再適時地推波助瀾一下，就算不能扳倒睢心雄，起碼也能讓睢心雄喪失進一步的可能。」

胡瑜非說：「這我知道，我已經在著手進行了，明天香港的報紙就會刊登一篇有關睢心雄的報導，報導會對睢心雄在嘉江省的所作所為做一個全面檢視的。」

傅華想了想，覺得港媒的力度還是有些不太夠，就說：「為什麼是香港的媒體啊？胡叔，您動員不了國內的媒體嗎？」

胡瑜非笑說：「我倒不是動員不了國內的媒體，而是如果透過國內的媒體報導，有些話就無法講得太明顯。香港媒體自由度比較大，話可以說得過分一些，我也想借此試一試風向，看看高層會做什麼反應。」

傅華看了一眼胡瑜非，感覺胡瑜非在對付睢心雄這件事情上果真下了功夫，似乎每一步都經過深思熟慮，難道這僅僅是因為胡瑜非的使命感嗎？還是心中另有盤算呢？

這時，胡瑜非的手機響了起來，是馮玉清打來的。

馮玉清說：「瑜非哥，我把睢心雄給臭罵了一頓，這傢伙還和我耍賴，說他並沒有指使黎式申這麼做，是黎式申擅自行動的，說他會給黎式申嚴厲的處分。」

胡瑜非嗤了聲說：「睢心雄這傢伙還真是沒一點擔當啊。」

馮玉清笑說：「除了這麼說，他還能怎麼解釋啊？反正他跟我做了保證，不會再讓人去抓傅華了。你跟傅華說一聲吧，說睢心雄不敢再對他怎麼樣了，不過，也要傅華別再去惹睢心雄了，睢心雄現在想往上一步想瘋了，誰在這時候擋了他的路，他絕對是佛擋殺佛，魔擋殺魔的。」

胡瑜非答應說：「行，我會跟他說的。」

馮玉清就掛了電話，胡瑜非便對傅華說：「你都聽到了，睢心雄已經向馮玉清保證，不會再動你了。」

傅華又和胡瑜非商量了一下他們下一步的行動，傅華這才離開。

從胡瑜非家出來後，傅華開車往駐京辦走。剛開出不遠，手機就響了起來，是馮葵的電話，他知道一定是馮玉清把他和睢心雄的事告訴了馮葵。

傅華接通電話後，就聽馮葵說：「我的車在你後面，別去駐京辦了，去我家裏。」

傅華詫異地說：「你怎麼會跟在我後面？」

馮葵說：「我姑姑跟我說你在胡叔這裏，我擔心你有什麼事，就跑來這裏等你了。好了，有什麼話等到了我家再說吧。」

兩人就先後開車去了馮葵的家。

一進門，馮葵就狠狠的搥了傅華胸膛一拳，怒罵道：「你這個混蛋，嚇死我了，你逞什麼英雄啊！那個黎式申可是個殺人不眨眼的魔頭，你真要是有個什麼閃失，讓我怎麼活下去啊？就算你不在乎我，還有老大和你兒子呢，到時候你撇下他們孤兒寡母的，讓他們多淒涼啊。」

馮葵雖然是怪責的口吻，傅華卻知道馮葵這是在為他擔心，他不禁愧疚的看著馮葵說：「小葵，對不起，我也沒想到睢心雄的人會對我動槍的。」

「你一句對不起就行啦？你知道嗎，我到現在心還是不上不下的，難受著呢。」馮葵說著，情不自禁地就鑽進傅華懷裏，抱緊了傅華。

傅華感覺到馮葵的身子在微微顫抖，便也用力擁緊了她，說：「小葵，以後我不會再這樣了。」

馮葵害怕地說：「幸好你沒事，如果你真有個閃失，我會不惜一切代價整死睢心雄的。」

傅華笑說：「你這麼說才像一個老大的樣子。」

馮葵斥責說：「你還有心情跟我開玩笑啊，你不知道我聽到時心有多慌！哎，你真是我上輩子的冤家，我還是第一次這麼穩不住陣腳。話說你也不是傻瓜，就那麼甘願被人利用當槍使啊？」

傅華解釋說：「不是的，這也不能說是高芸在利用我，她總是我的朋友，我不能眼看著她跳進火坑而不去阻攔吧。」

「高芸？」馮葵抬起頭來看著傅華，狐疑的道：「這裏面又有高芸什麼事啊？我說呢，你怎麼那麼英雄氣概啊，原來是為了救美啊！你給我老實交代，究竟是怎麼一回事？」

這下換成傅華一頭霧水了，他不解地說：「小葵，你剛才說我被人利用，不是指高芸嗎？」

馮葵說：「我當然不是指高芸啦。」

「那你指的是誰啊？」傅華納悶地問。

馮葵賣著關子說：「我指誰回頭再告訴你，你先跟我說，你跟高芸是怎麼回事啊？」

傅華趕忙辯解說：「不是你想的那樣，有些事情就是湊巧嘛。」傅華就講明了事情的原委。

馮葵聽完，嘟著嘴諷刺說：「高芸這是拿你當情郎啊，所以才會受委屈就向你撒嬌，哼！睢心雄這麼對你，你倒也不冤，要英雄救美嘛，不受點折磨怎麼能對得起你呢？」

以往提到高芸，馮葵都是以開玩笑的口吻說什麼小三小四的，這次罕見的表現出這麼濃的醋意，看來是真的生氣了。

傅華就小心地看了馮葵一眼，說：「小葵，我對高芸真的沒那個意思的，單純只是朋友。」

「只是朋友？」馮葵嚷道：「每次你都這麼說，你真的是只是拿她當朋友嗎？」

傅華趕忙保證說：「小葵，我可以對天發誓，我真的和她只是朋友而已。」

馮葵生氣地說：「好，如果你真的只是拿她當朋友的話，那我希望你能離這個朋友遠一點，越遠越好。」

馮葵這麼強烈的表達對高芸的不滿，讓傅華十分的為難，他看了看馮葵，想說些什麼，卻又不知道該怎麼說，張了張嘴後又閉上了。

「捨不得了是嗎？」馮葵生氣地說：「老公，我這可是為你好，你就沒想想這個高芸根本就是你生命中的災星嗎？胡東強因為她整過你，這次又換成了睢才熹，這個女人什麼時候能夠消停些啊。」

傅華小聲說道：「小葵，這也不能都怪高芸的。」

「我就都要怪她怎麼樣？」馮葵大聲嚷道：「你給我離她遠一點，聽到沒有?!」

傅華知道馮葵這也是為他好，可能這次的事情確實太凶險了，才讓馮葵失去了理智，他不想在這時候和馮葵爭辯什麼，就順從地說：「好，我聽你的，再不管她的事就是了。」

馮葵冷著臉說：「這還差不多，你可要說到做到啊。」

傅華認真地點了點頭，說：「行，我一定說到做到。誒，小葵，你還沒告訴我，我究竟是被誰利用啊？」

馮葵癟了一下嘴，說：「你不是挺聰明的嗎？連這都猜不出來？」

傅華不敢置信地說：「你是說胡叔？」

馮葵點了點頭，說：「你總算還沒笨到被人賣了還幫著數錢的地步。你知道嗎，胡叔之所以反對睢心雄，是因為另有他支持的人選。」

果然如此！他早想到胡瑜非果然是另有盤算，難怪對這件事這麼上心。

他不禁問說：「胡叔支持的是誰啊？」

馮葵說：「聽我姑姑講，這次有四個省委書記都可能走進中樞，但是位置就那麼幾個，不可能都進去，總有人會被淘汰出局的。胡叔支持的是豐湖省的省委書記楊志欣，胡家老爺子是從豐湖省起家的，楊志欣和胡家的聯繫也很緊密，胡瑜非自然是樂見楊志欣登頂的。」

相比雎心雄的專橫跋扈和高調來說，楊志欣是個執政風格溫和很多的人，在政壇的口碑很不錯。

馮葵沒好氣地對傅華說：「這下子你明白他為什麼讓你去挑釁雎心雄了吧？」

傅華說：「我也猜到胡叔讓我去挑釁雎心雄的目的不單純，只是不知道他是想幫楊志欣而已。」

馮葵意外地說：「那你還甘願被他利用啊？」

傅華點點頭說：「是的，我甘願被他利用，因為如果讓雎心雄登頂成功的話，那對整個國家都是很危險的，你看他在嘉江省的所作所為，大肆的利用公權力危害老百姓的人身和財產安全，就像今天他對我一樣，隨便的編造一個罪名出來，想剝奪我的人身自由，這樣一個人如果進入了高層，後果不堪設想。所以我是明知被利用，卻甘願這麼做的。」

馮葵冷笑一聲，說：「你倒是挺有信念的，不過你想過沒有，你與睢心雄根本就不是一個層次上的人物，他隨便動動手指，你可能就要付出生命作為代價，這值得嗎？」

傅華自嘲說：「值不值得我現在也沒得選擇了，我已經和睢心雄站到對立面上去了，就算他看你姑姑的面子暫時不動我，將來一旦走進中樞，你姑姑恐怕也護不住我了，難保他不會再來清算我。」

馮葵不禁說道：「原來你算計的比我還清楚啊，是啊，你確實已經沒有退縮的餘地了，也只能硬著頭皮和睢心雄對著幹啦。不過，睢家的人馬並不局限於嘉江省，你要小心他從別的地方射來的冷箭。」

傅華點頭說：「我會小心的，不過，我認為睢心雄也不像你想像的那麼強大，而且，現在睢心雄的日子肯定過的比我還要煎熬。」

傅華推測，這一次睢心雄為了爭取能夠進中樞，已經孤注一擲的把所有本錢都押在嘉江省的兩項整頓活動當中了，所以對睢心雄來說，要麼是全贏，要麼全輸，別無其他選擇。贏的話，他的人生算是達到巔峰，會為萬眾所景仰；輸的話，便會一無所有，甚至會成為反面的典型人物。

睢心雄出身紅色家族，經歷過許多的風風雨雨，對政治的殘酷比大多數人更加瞭解。他熱切地期盼高層能夠有一個明確支持他的態度出來，但是上面卻一直態度不明，估計他此刻的心情一定像熱鍋上的螞蟻一樣煎熬。

這也是為什麼睢心雄不惜收買香港媒體發出支持他的報導的主要原因。有聲音總比沒聲音要強。

只是睢心雄沒想到，他的做法卻提醒了胡瑜非和楊志欣，既然睢心雄能夠收買香港媒體發出支持他的聲音，胡瑜非和楊志欣也能收買媒體發出反對他的聲音。不知道到時候胡瑜非安排的香港媒體的報導出來後，睢心雄會是怎樣一個反應？會不會就此亂了陣腳呢？

馮葵說：「你不要管他煎不煎熬，反正你還是小心點比較好，儘量不要去和睢心雄硬碰硬。姑姑要我告訴你，這一次是因為我，她才不得不幫你，但下次她就不會這麼做了，所以希望你自己好自為之。」

傅華說：「是不是我給你們馮家造成了困擾？」

馮葵坦承說：「我們馮家已經沒有我爺爺在時的威風了，也因為我爺爺的緣故，其他大家族實際上對我們馮家有很大的戒心，這些年來為了自保，馮家在政壇上一直保持中立，對換屆這種大事儘量不去干預。這次卻因為你破壞了這個規矩，馮家不得不向睢家叫板，我姑姑很不高興，甚至覺得你這人麻煩太多，勸我和你劃清界限呢。」

傅華歉疚的抱了抱馮葵，說：「小葵，我沒想到還會給你造成這樣的困擾，你放心，我不會再強出頭，去和睢心雄有什麼衝突的。」

馮葵深情地說：「希望你說話算話，我倒不是怕什麼困擾，而是真的很擔心你的安危，一想到可能會永遠失去你，我的心就很痛。希望你為了我好好地活著，這世界上有太多美好的事還等著我們享受呢。還有，我幫你問過了，那個許彤彤真的沒經歷過男人，你想不想嘗一嘗處女的滋味啊？我跟你說，她的皮膚真是很嫩，一掐都能掐出水來呢。」

傅華不禁笑了起來，說：「好了，別扯這些有的沒的好嗎？我對她真的沒什麼的。誒，你是怎麼送許彤彤回去的啊？」

馮葵挖苦說：「馬腳終於露出來了吧，一邊說和她沒什麼，一邊卻關心地問她是怎麼被送回去的，你是擔心許彤彤被送回去時不夠排場是嗎？哼，你老婆我做事絕對不會塌了你的面子的，我讓人開了一輛邁巴赫送她回去的，怎麼樣，傅少，面子夠了吧？」

邁巴赫可是上千萬的車，坐這樣子的車回公司，許彤彤肯定在公司面前把面子撐足了，就笑笑說：「小葵，你什麼時候有了一輛邁巴赫啦？」

馮葵得意地說：「我是沒有，不過我一位愛擺闊的朋友有。怎麼，你想開邁巴赫嗎？我買一輛給你啊。」

傅華趕緊擺擺手說：「別啊，我這個駐京辦主任開邁巴赫，那舉報我的信還不塞破紀委的舉報箱啊，我不是自找麻煩嗎?!」

馮葵笑說：「只要能討得許彤彤那美人的歡心，你又何必在乎別人舉不舉報你呢？」

傅華正色說：「好了，你就別吃這沒味的乾醋了，我把許彤彤送到你那兒之後，就再也沒和她有過任何的聯繫了。」

馮葵取笑說：「聽你這口氣，好像還挺遺憾似的。」

傅華故意說：「是啊，我是挺遺憾的，早知道你這麼願意幫我撮合，那天我就該把你和她一起辦了。」

馮葵笑罵道：「想得美！也只有我不嫌棄你這個結了婚還有孩子的臭男人，人家許彤彤才不會要你呢。你這個壞蛋，真是貪心不足啊，有了我和老大，你還敢想別的女人。」

馮葵說著，就探頭過來，一口咬住了傅華的嘴唇，傅華感受到一陣疼痛，身體馬上就變得興奮起來，忍不住用舌尖去舔著馮葵的嘴角。馮葵嚶嚀一聲，香唇緊接著就和傅華的嘴熱吻在一起。

激情在兩人的血管中急速的流竄，他們急切的撕扯著對方的衣物，迅速融合在一起，華彩的樂章在兩人的身體間轟鳴交響著，而後將他們送進了飄渺的仙境……

第二天上班時，駐京辦平靜的令人詫異，好像昨天黎式申用槍頂著他腦袋的事根本就沒發生過似的。傅華卻還覺得有些心有餘悸，在辦公室坐了很久才慢慢適應這種平靜。

臨近十點的時候，他的手機響了起來，是一個陌生的號碼，傅華接通了，一個女孩子怯生生的問道：「請問是傅華傅先生嗎？」

這女孩的聲音並不是很熟悉，傅華一時間想不起這個女孩是誰，便說道：「我是傅華，你是哪位？」

「還真的是你啊，」女孩的聲音明顯的大了一些，說：「我還以為葵姐不會給我你的真電話呢。」

傅華聽到女孩提到了馮葵，立時猜到這個女孩很可能是許彤彤，就說：

「是許小姐嗎？」

許彤彤甜甜的笑說：「傅先生叫我彤彤就好了。葵姐真是大方，居然真的給我你的電話。」

傅華奇怪地說：「你為什麼會這麼說啊？」

許彤彤曖昧地說：「你別以為我看不出來，葵姐和你的關係很親密，所以我想她一定會很介意你和我來往的。」

傅華並不樂見太多人知道他和馮葵的關係，就刻意地隱瞞說：「你別瞎說，她是我一個很鐵的哥兒們，我們並不是像你想的那種關係。」

許彤彤聽了說：「原來是這樣啊。葵姐給我的感覺真的有點男性化，很豪爽，你說和她是哥兒們，我倒是可以理解。」

傅華說：「你打電話給我，有什麼事嗎？」

許彤彤解釋說：「是這樣的，傅先生，你們海川市不是要請尹導演拍形象宣傳片嗎？尹導演初步有了一個劇本框架，他說想要我來做這個片子的女主角，我想問一下你的意見。」

第八章

# 東風壓倒西風

傅華相信這篇報導會像一塊投向平靜湖面的石頭，
湖面的平靜會被打破，會隨著石子的投下泛起陣陣漣漪。
而參與博奕的各方一定會竭盡全力去打倒對方，
下面就看究竟是東風壓倒西風，還是西風壓倒東風了。

傅華立時明白尹章用許彤彤做女主角是在討好他，因為黃易明出面教訓了尹章，讓尹章不敢小覷傅華，所以特意示好的意思。

尹章這麼安排，傅華覺得倒也沒有什麼不好的，許彤彤漂亮清純，很適合做這部宣傳片的主角。他只擔心許彤彤剛出道，能不能扮演好這個角色。

傅華便說：「你別來問我，重點是你覺得自己能夠勝任這個角色嗎？」

「我當然能夠勝任了，」許彤彤十分自信地說：「我可是科班出身的，演好這個角色絕沒問題。關鍵是你是否願意讓我來擔當這個角色。」

傅華好笑地說：「我的意見有這麼重要嗎？如果我不同意，難道你會拒絕這個大好的機會嗎？」

許彤彤毫不猶豫地說：「那當然，我能有這個機會都是因為你，你如果不同意的話，我馬上就回絕尹導演。」

許彤彤的語氣很堅決，一副唯傅華馬首是瞻的樣子，傅華卻不希望許彤對他存有不切實際的幻想，以為他是比尹章更有能力的大人物；她哪知道黃易明會出面，完全是因為馮葵的關係。便笑笑說：「這麼難得的機會我怎麼會讓你拒絕呢，好好把握，你會成功的。」

「你同意我演？」許彤彤高興的說：「那真是太好了，謝謝你，傅先生。」

傅華說：「不用這麼客氣，你很優秀，我很高興能夠幫到你。不過，我真的只是一個駐京辦的主任，不是什麼大人物，以後再有這樣的事，你自己判斷就好，不用再來問我了。」

許彤彤遲疑地說：「傅先生，是不是我剛才的話惹你生氣了？」

傅華趕忙說：「沒有，我真的只是小小的駐京辦主任，能幫你的只有這麼多。」

許彤彤不以為然地說：「你別不承認了，你是駐京辦主任不假，但是你肯定不簡單。一個小小的駐京辦主任能夠讓人開邁巴赫送我回公司嗎？公司的同事告訴我那輛車價值千萬，說我坐這樣的車回來，一定是傍上超級大款了。我聽到時簡直驚呆了，一千多萬啊，就這麼被我坐在屁股底下，要是不小心碰壞了哪裏，連賠都賠不起。」

傅華笑著說：「那輛車是葵姐向朋友借的，是為了給你撐場面的，這個不需要我跟你解釋太多吧？」

許彤彤不敢置信地說：「真是這樣嗎？」

傅華說：「當然是啦，所以我不是你想像中那樣的人。」

許彤彤誠摯地說：「不管怎麼說我都要謝謝你，你能讓我得到跟尹章合作的機會，已經是幫了我很大的忙了。」

傅華聽了，說：「好吧，你的感謝我收下了，不過以後就要靠你自己的努力了。我們是不是就談到這裏吧。」

許彤彤小心翼翼地問：「傅先生，我以後還能見到你嗎？」

傅華說：「既然你決定擔任宣傳片的女主角，那也就是說你要去海川拍這部宣傳片了；我是海川駐京辦的主任，到時會負責安排你們去海川的。」

許彤彤遲疑地說：「我不是說這種工作上的接觸，而是說私下像朋友一樣的見面，比方說工作之餘一起喝喝咖啡、吃吃飯什麼的。你知道嗎，你是我來北京後，認識的第一個覺得可以當做朋友交往的男人。」

傅華並不想跟許彤彤有更多深入的接觸，不過要他直接拒絕她，他又覺得會讓許彤彤很沒面子，就含糊地說：「好啊，等有機會吧。」

許彤彤見傅華答應的這麼快，忍不住質疑說：「你該不會是隨便說說先敷衍我，然後再也不理我了吧？」

傅華尷尬地說：「我不是這個意思，我的意思是隨緣吧，有機會碰到一起，我們就跟朋友一樣聊聊天吃吃飯什麼的；如果沒機會就算了，也不用刻意去做什麼。」

許彤彤聽了，笑說：「我們的朋友圈基本上沒什麼交集，想要靠隨緣碰到基本上是不可能的，你這麼說還不是沒打算主動約我啊，難怪葵姐說你這個人很正派，果然是這樣。好吧，你不想約我，我約你總可以了吧？如果我厚著臉皮打電話約你，你可不要拒絕我啊！」

傅華被說得有些不好意思，只好陪笑說：「不會的。」

許彤彤呵呵笑了起來，說：「你可要說話算話啊，就這樣吧。」

結束跟許彤彤的通話，傅華不禁搖搖頭，現在的女孩子真是太開放了，明知道他是已婚男人，還對他直抓亂上的，讓他真是有些招架不住的感覺。

這時，傅華的手機再次響了起來，這回是胡瑜非打來的。

傅華接通電話，說：「胡叔，什麼事啊？」

胡瑜非說：「你上網看看吧，我跟你說的那篇報導，在那家報社的網站上刊登出來了。」

胡瑜非告訴傅華那家報紙的網站地址，傅華打開網頁，就看到首頁上一條醒目的報導《嘉江省整頓還是僭越，看睢心雄以下凌上逼宮》，這條標題雖然有些港媒慣用的語不驚人死不休的架勢，卻也入骨三分地點明了睢心雄在嘉江省進行的大整頓，其目的是想要逼北京高層認可其行為的真實心態。

傅華緊接著看了文章的內容，文章首先敘述睢心雄的整頓所帶來的社會效應，後面則分析睢心雄這麼做的原因，認為睢心雄推行整頓活動是想裹挾民意，以民意代言人的姿態以下凌上，逼迫高層接納他成為領導層新的成員。

傅華心想：果然港媒的報導比較自由，這樣的內容也能刊登出來。這篇報導可謂一針見血的戳破睢心雄搞這些動作的真實企圖，高層看到這些報導，應該不會對睢心雄的行為再沒個態度出來了吧？

傅華相信這篇報導會像一塊投向平靜湖面的石頭，就算激不起千層浪，湖面的平靜也會被打破，會隨著石子的投下泛起陣陣漣漪。而參與博奕的各方一定會竭盡全力去打倒對方，下面就看究竟是東風壓倒西風，還是西風壓倒東風了。

海川市，代市長姚巍山的辦公室。

姚巍山正在跟尹章通電話。

尹章說：「姚市長，我的構想是整個片子要突顯出海川市的優美風景，海川山美海美，是旅遊勝地，這部片子應該強化這一點……」

聽尹章娓娓說著海川各處的風景名勝，姚巍山不禁大讚尹章，尹章顯得比他這個市長對海川還要熟悉，看來他為了拍好這部片子，做足了功課瞭解海川。

尹章又繼續說道：「尹市長，這些景色的優美需要美人來襯托，所以我想用一個美女作為把這些景物串起來的媒介。」

姚巍山聽了說：「尹導演，你這個想法很好，我也很贊成用美女把這些景物給串起來，最好是請一位知名的女明星，更能提高整部片子的水準。」

尹章卻持不同意見，說：「姚市長，對你這個看法，我有不同的意見。我覺得把這些景物串起來的美女是這部片子的靈魂，也代表海川的整體形象，可以說是你們的形象代言人。找大明星來，固然會帶來一定的明星效應，卻與海川市的形象不太吻合。我想了一下國內一線的女明星，感覺她們的形象都不適合。」

姚巍山反問說：「那在尹導演心目中，什麼樣的美女能貼合我們海川市的形象呢？」

尹章笑笑說：「最好是一位朝氣蓬勃又不失清純的美女，才符合海川山

海仙境，經濟發展蓬勃向上的形象。」

姚巍山覺得尹章這麼說似乎也有道理，就笑笑說：「對對，尹導演所言極是，我們確實需要一位青春朝氣的美女作為形象代言人。誒，尹導演，你是不是有合適的人選啊？」

尹章說：「是啊，我感覺她的形象氣質彷彿就是為你們海川市而生的，用她來做這部宣傳片的靈魂，再合適不過了。」

姚巍山大感好奇地問道：「誰啊，是誰讓尹導演這麼讚賞啊？」

尹章笑笑說：「是我們公司的一位新人，姚市長見過的。」

「你說的是許彤彤？」

姚巍山心裏彆扭了一下，他倒不是對許彤彤有什麼不好的看法，許彤彤形象清純，的確是挺適合做海川的代言人的，不過姚巍山覺得尹章選許彤彤的原因別用用心，是為了討好傅華才這麼決定的。尹章費這麼大的勁去討好一個他手下的駐京辦主任，讓他感到很沒有面子。

姚巍山質疑說：「尹導演，我倒不是說這個許彤彤有什麼不好，只是她畢竟是個新人，能不能把這部宣傳片給撐起來啊？」

尹章說：「姚市長，新人有新人的好處，我想要的就是許彤彤身上那股清新的清純味道，至於你說她能不能撐起這部片子來，我認為無需擔心，好演員本身會有一個強大的氣場，你也見過許彤彤，難道你沒感受到她身上那股強烈的大明星氣息嗎？」

姚巍山心裏暗道：許彤彤漂亮是漂亮，但我沒感覺到她身上有什麼大明星的氣息，倒是感覺到你為了討好傅華而顯露出來的那股諂媚氣息。你也是個知名的大導演，有必要這個樣子巴結嗎？

不過姚巍山不爽歸不爽，卻不敢直接去否決尹章的意見。因此姚巍山雖然心中有一萬個不情願，也不得不接受這個方案。便說：「這麼說倒也是，許彤彤確實是有大明星的架勢。不過尹導演，這件事我不能最終拍板，需要跟市委書記彙報一下，看看他的意見。」

尹章聽了說：「這個我可以理解，不過我相信你們的孫書記應該也不會反對我認定的人選吧？」

尹章這話帶有威脅的意味，似乎不用許彤彤的話，他就不一定會執導這部片子了，姚巍山心中暗罵尹章不是個東西，嘴上卻笑笑說：「你是著名的導演，我想他應該會尊重你的意見的。這樣吧，你把腳本和許彤彤的相關資料發一份給我吧，我好拿去跟孫書記彙報。」

尹章應承說：「行，一會兒我就發郵件給你。誒，還有啊，關於這部片子的製作費，姚市長是怎麼打算的呢？」

姚巍山說：「拍攝的費用，海川市肯定會如期支付的，不過尹導演，我們是透過李先生認識的，你能不能看在李先生的面子上，給我們一個優惠的價格啊？」

尹章笑說：「優惠肯定是有的，不過，就要看你想要怎麼優惠了。」

姚巍山納悶地說：「怎麼優惠這還用說嗎？當然是越便宜越好啦。」

「姚市長，你可能還不明白，有時候最優惠的價格可不是對你最有利的啊。」尹章語帶暗示地說。

姚巍山愣了一下：「尹導演，你這麼說是什麼意思啊？」

尹章笑了起來，說：「這我就不跟你詳說了，你有什麼不明白的地方去問李先生吧，他操作過不少類似的事。好了，腳本和許彤彤的資料我已經發給你了，你查收一下；至於拍片的費用，你問了李先生後再跟我聯絡吧，我還有事，就先這樣啦。」就掛了電話。

姚巍山發了半天呆，還是沒想明白尹章所說的話是什麼意思，就抓起電話打給李衛高。

李衛高接了電話，笑說：「姚市長，找我有什麼事啊？」

姚巍山說：「李先生，我剛才跟尹章通了電話，談了有關海川宣傳片包括腳本、演員和費用的事。」

李衛高聽了，滿意地說：「尹章這麼快就拿出方案了，看來這傢伙把你們的事還真當回事辦了。」

姚巍山有些抱怨地說：「他建議我們用許彤彤做形象代言人，擺明了是想討好傅華。」

李衛高安撫說：「姚市長，我倒覺得他用許彤彤是個不錯的想法。」

姚巍山發牢騷說：「我倒看不出他用許彤彤有什麼別的用意。」

李衛高解釋道：「這裏面的用意多著呢，首先，他提攜了公司的新人，如果許彤彤能夠一戰成名，對他們公司來說是收益最大的。如果我是公司的老闆，我也會這麼安排的。」

姚巍山反駁說：「這倒也不盡然吧，他如果用別的明星，效果還不是一樣嗎？我看他根本就是為了討好傅華而已。」

李衛高笑說：「你聽我說完，其實用許彤彤更主要的用意，還是因為許彤彤是個新人，新人的費用比較低。」

姚巍山沒好氣地說：「我又沒有讓他幫我省錢，我們海川再窮，請明星的錢還是掏得出來的。」

李衛高笑了起來，說：「我知道你們海川出得起這筆錢，不過有個問題你想過沒，你能讓海川市為這部片子支付多少錢啊？能夠很高嗎？」

姚巍山說：「只要能在一個合理的範圍內就可以的。」

李衛高分析說：「那你算過沒有，這部片子既有大導演又有大明星的話，要有多少預算才夠啊？太高了恐怕你跟市裏面也不好交代吧？其實這部片子有尹章操刀，還有葛凱做顧問，帶來的明星效應應該夠了，無須再加一個女明星了。尹章這也是在為你節省一些不必要的開支。」

姚巍山仍然不領情地說：「我沒讓他為我節省啊。」

李衛高開導說：「姚市長，你怎麼還沒弄明白我的意思啊，你不知道為什麼尹章要讓你問過我再來談費用嗎？」

姚巍山一頭霧水地說：「這就是我納悶的地方，他為什麼說最優惠的價格並不是對我最有利的，我怎麼聽不懂啊？」

李衛高笑說：「這有什麼不懂的，你如果把價格壓得很低，他不就無法提成給你了嗎？」

姚巍山愣了一下，說：「這個也可以提成的嗎？」

「當然可以啦，這些搞藝術的價格，往往都是在嘴上講的，並沒有一個明確的收費標準，多一點少一點都可以，你知道為什麼很多地方都愛請明星去搞聯歡晚會什麼的嗎？就是因為經手人往往能從中獲得極為豐厚的回報。」李衛高點出其中奧妙說。

姚巍山這時候才明白李衛高為什麼會熱衷於跟娛樂圈的這些名人們打交道，他在其中起的是一個掮客的作用，肯定從中也撈到不少的好處。

這讓姚巍山不免也心中癢癢的，他被孟副省長打入冷宮之後，這種能夠撈到好處的機會就少了很多，日子也過得緊巴巴的，現在終於有一個賺外快的機會了。

姚巍山老實地說：「我以前還真沒接觸過這一塊，李先生，這裏面的回扣究竟有多豐厚啊？」

李衛高笑了笑說：「你問多豐厚啊，絕對超出你的想像，讓你拿大頭都可以的。這下你明白尹章要用新人而不用大明星的原因了吧，明星要分掉其中不少的費用，你和他分得的不就少了很多嗎？」

姚巍山恍然大悟說：「原來這裏面還有這麼個帳啊。」

李衛高交代說：「行了，費用的事你就別管了，這件事我來跟尹章商量就好。」

姚巍山終究有些心虛，便說：「李先生，這不會有什麼麻煩吧？」

李衛高打包票說：「你放心好了，絕對神不知鬼不覺的，一切手續都會按照合法的程序處理好的，你就等著拿錢就好了。」

姚巍山不放心地說：「真的沒問題嗎？」

李衛高拍胸脯保證說：「肯定沒問題的，而且這次是很難得的機會，尹章這樣的大導演幫你們製作片子，這個價碼肯定不會低的，太低了也顯不出他的身分來，是吧？」

姚巍山明白這是一場皆大歡喜的分肥遊戲，能搞到的費用越高，參與者能分得的好處就越多；又因為參與者人人有份，事情暴露的可能性也更低了。只要不是太過離譜，他還真是沒必要去阻止。

姚巍山便笑笑說：「這倒是，我們的尹大導演身價可是很高的啊。」

結束跟李衛高的通話後，姚巍山便把尹章發給他的資料弄好，然後帶著這些資料去孫守義的辦公室，準備向孫守義報告。

孫守義看到姚巍山，熱情地說：「老姚你來了，快坐。」

姚巍山坐到孫守義的對面，說：「您現在有時間嗎？剛才尹章尹導演跟我溝通了一下海川宣傳片的事，我想把相關的情況跟您彙報一下。」

孫守義對姚巍山的態度很滿意，這次姚巍山的北京之行成果豐碩，除了請到尹章葛凱聯手操刀海川的形象宣傳片不說，還搞定了海川在國土部所遇到的麻煩，這讓孫守義感到不小的壓力。好在姚巍山並沒有因為這樣就對孫守義不再尊重了，仍然態度依舊，什麼事都主動的跟他報告。

雖然孫守義也明白姚巍山這裏面難免有演戲給他看的成分在其中，但是只要能演好各自目前角色的本分，維持這種表面的和諧，對孫守義來說就足夠了。

孫守義聽取了姚巍山的彙報，大致上都無異議，唯有對使用名不見經傳的許彤彤作女主角，不免有些顧慮，便問道：「老姚，這個許彤彤是誰啊？為什麼不選一個大明星作女主角呢？」

姚巍山解釋：「我原來也是這麼想的，但是尹導演覺得現在一線的那些大明星都有些太成熟了，無法表現出海川市年輕清純、朝氣蓬勃的氣質，所以建議我們使用新人。這個人選是他決定的，他認為這個女孩跟我們海川的形象十分貼合。我也覺得這個女孩子很不錯，氣場很足，您看一下她的照片。」

姚巍山拿出了許彤彤的照片給孫守義看，孫守義看到照片，立時覺得眼前一亮，這正是他喜歡的那種類型，尹章的眼光還真是不錯，這個女孩果然星味十足。

對男人來說，女人好不好的標準只有一個，那就是他想不想擁有她；而這個許彤彤讓孫守義一看到，心中就有一種馬上想要去擁有她的衝動，這就意味著許彤彤果然具備成為大眾情人的條件。

姚巍山看孫守義露出笑意，就知道孫守義也認可了許彤彤，心裏鬆了口氣，萬一孫守義否決了許彤彤，海川市少不得就要跟尹章產生衝突了。到目前為止，這個宣傳片的事都進展得很順利，他可不想為了這個枝節的問題出什麼麻煩。

姚巍山笑說：「孫書記，您注意到沒有，這女孩很像年輕時的鞏俐。」

孫守義聽了，拍著腿道：「我說看她怎麼這麼眼熟呢，確實有幾分鞏俐年輕時的神韻。」

姚巍山說：「尹導演的公司也正想往這個方向打造她呢，他們宣傳許彤彤的旗號就是小輩俐。」

孫守義開玩笑說：「這個尹章算盤打得倒很精啊，用我們的資源為他們公司造星。」

姚巍山笑說：「我覺得這是對雙方都有利的事，何況許彤彤確實有能被打造成明星的潛力。」

孫守義點頭同意說：「行，那就按照尹導演的安排去做吧。」

姚巍山趁機接著說：「可是有一點要跟您說明，我聽尹章的意思，請他來製作這部宣傳片，費用可能會很高的。」

孫守義不疑有他，理解地說：「不高就不對了，人家尹導演可是在國際上得過獎的大導演，有一定的身價。老姚，你不要這麼小氣，有些該花的錢是一定要花的，你不要心疼那點錢，想想尹章幫我們製作這部片子將會給我們海川帶來多大的知名度啊，這樣你就不會覺得費用很高了。」

姚巍山心裏巴不得孫守義這麼說，有孫守義的這些話做底，這件事情上他就可以放心大膽的花錢了。他故作埋怨地說：「我總覺得導演、明星這些人賺錢是太容易了。」

孫守義笑說：「老姚，這叫智慧財產權，是智慧的結晶，當然值錢。」

姚巍山心說：你當我傻瓜啊，我當然知道這叫智慧財產權啦，我不過是想哄著你在這部片子上多花錢而已。便順勢說：「是啊，您這麼一說，我就不覺得費用很高了。行，那我就儘快跟尹章討論好製作片子的費用，儘快啟動這件事。」

孫守義很滿意地說：「行，老姚，具體的事你就斟酌著辦吧。」

關於宣傳片的討論到此算是告一個段落，姚巍山又說：「孫書記，還有一件事我想跟您交換一下意見。」

孫守義不禁問道：「什麼事啊？」

姚巍山說：「您也知道何副市長馬上就要結束在黨校的學習了，關於他回來海川之後的工作分工，您有沒有什麼考慮？」

孫守義愣了一下，說：「何副市長的黨校學習不是六個月嗎？怎麼這麼快就結束了？」

姚巍山回說：「已經六個月了。」

孫守義嘆說：「時間過得還真是快，一晃就六個月過去了啊。」

孫守義一時間陷入了苦思。原本他是不想讓何飛軍回來後繼續分管工業的，但計畫沒有變化快，何飛軍的黨校學習還沒結束，他就成為海川的市委書記了，姚巍山則是接任市長的位置。現在何飛軍是否回歸分管工業的位置，他就不能完全說了算了。畢竟副市長的分工是市長的管轄範疇，無論如何他也要尊重姚巍山的意見。

孫守義便看著姚巍山說：「老姚啊，你怎麼看呢？」

姚巍山心中遲疑了一下，他不想讓何飛軍回來後分管工業，現在副市長胡俊森又是折騰債券又是搞信託的，費盡了不少心力，總算把海川新區搞出了一點眉目，如果把這一塊交出來給何飛軍去分管的話，何飛軍並不具備融資這方面的實力，那就等於讓還沒起步的海川新區胎死腹中了。另一方面，省委書記馮玉清對海川新區和胡俊森頗為重視，對胡俊森的各項行動十分支持，臨陣換將肯定會讓馮玉清不滿的。

馮玉清給了他第二次的政治生命，姚巍山可不敢也不願去惹馮玉清生氣；但是姚巍山搞不清楚孫守義對這件事是抱持怎麼個態度，因此委婉地說：「我是這麼想的，本來何市長從黨校學習回來，應該讓他回到原來的崗位上繼續分管工業事務。但現在這部分是由胡副市長在分管的，胡副市長做得很出色，特別是新區這一塊，胡副市長付出了很大的心血才稍微有點起色，所以我覺得在這時候調整他的分工，似乎有點不太合適，新區的工作也會因為換人而陷入停頓的。新區的工作是我們目前的重點，對此我們不能不考慮得周詳一點。」

姚巍山講這麼多，孫守義便明白他的意思了，他是不想讓何飛軍回到分管工業的位置上；這正中孫守義的下懷，他也想好好整治一下何飛軍呢。

不過他並沒因此顯得很高興，他其實有些懷疑姚巍山的真實意圖。他覺得姚巍山知道當初是他拔擢何飛軍的，以為何飛軍是他的人，所以才不想讓何飛軍回到分管工業這麼重要的位置上去。

如果真是這樣的話，就意味著姚巍山已經開始著手佈局對付他了，於是看了一眼姚巍山，故作為難的說：「老姚啊，非要這麼做嗎？這樣好像對飛軍同志很不公平啊。」

姚巍山笑笑說：「我也知道這對飛軍同志很不公平，在感情上我也不想這麼做，不過從工作的角度上我卻不得不這麼做，現在新區的工作離開俊森同志不行，所以也只好暫時委屈一下飛軍同志了。我想作為在組織上工作多年的領導幹部，飛軍同志應該能體諒組織上的難處的。」

孫守義故意皺了一下眉，他要讓姚巍山覺得他不是那麼輕易被說服的人，為難地說：「老姚，我知道你是為了工作好，但是這件事有很大的難度，飛軍同志那個人是不會這麼就接受的。」

孫守義這話包含兩個意思，一個是他並不反對這麼做；另一個意思是告訴姚巍山，何飛軍不會就這麼認賬的。

姚巍山聽懂了這兩層意思，但是他認為這是孫守義想借此來阻止他不讓何飛軍分管工業的藉口。便笑說：「孫書記，恐怕何副市長就是不願意接受也得接受了。新區融資的事一直是俊森同志在負責，這個工作何副市長有能力接下來嗎？再是，有關領導同志對新區的工作一直很重視，估計他們也不願意看到俊森同志被更換吧？」

孫守義見姚巍山搬出有關領導來壓他，難免有些不舒服，不過他也知道不能再跟姚巍山爭辯下去了，再爭下去效果可能就適得其反了，就嘆了口氣說：「看來也只好委屈飛軍同志了。這樣吧，老姚，飛軍同志回來後，你負責跟他先談談，看看他什麼態度，如果你實在說服不了他，我再出面幫你做他的工作。」

孫守義這麼說，等於是同意了他的意見，姚巍山暗自竊喜，面露喜色的說：「謝謝孫書記對我工作的支持。」

孫守義心中卻冷笑一聲，說：姚巍山，你先別急著高興，等你知道何飛軍夫妻倆有多難纏之後，你就笑不出來了。

溝通完關於何飛軍的安排，姚巍山就回到自己的辦公室。他很高興，覺得孫守義居然被他玩弄在股掌間而不自知，想到這裏，姚巍山不由得看了一眼李衛高替他擺放的那個黃水晶洞。

雖然李衛高現在在他眼中已經不是那麼神乎其神了，但是他不得不承認，自從遇到李衛高之後，他在各方面都出奇的順利，姚巍山暗道：這也許真是跟李衛高給他安排的這些改運品有關吧。

正在姚巍山暗自琢磨這些風水物的時候，副市長胡俊森敲門走了進來。姚巍山馬上從座位上站起來，然後指著沙發說：「來，俊森同志，我們這邊坐。」

姚巍山會這麼緊張，是深怕胡俊森像上次一樣，犯了手賤的毛病，去移動他的黃水晶洞。

坐下來後，姚巍山問：「俊森同志，找我有什麼事啊？」

胡俊森說：「是這樣的，我來有兩件事，一是跟您報告一下新區債券審批的情形；二來是想問一下，您說的那部海川市宣傳片究竟什麼時間開拍啊？」

姚巍山笑說：「俊森同志，你怎麼這麼急性子啊，宣傳片的事正在商談合作的細節呢，順利的話，很快就會開拍了。」

胡俊森說：「您可別忘了答應我的事啊，一定要多給新區幾個鏡頭。」

姚巍山答應說：「我沒忘記，一定會給你兌現的。」

胡俊森接下來便開始彙報起新區債券的審批情形，因為馮玉清的特別關照，東海省基本上對申報的各項手續一路綠燈，所以審批工作進展的很快。

姚巍山很是滿意，帶著讚賞的口吻說：「俊森同志，像你這樣的金融專才來做這些事，真是事半功倍啊。」

胡俊森謙虛地說：「市長您誇獎了，我能取得一點成績，也是與省市兩級領導對我的支持分不開的。」

姚巍山笑了一下，說：「你也別這麼謙虛，你做的事大家都看在眼中的。好了，再接再厲吧。」

也許是因為胡俊森的態度難得的謙遜，讓姚巍山放鬆了警惕，不由得跟胡俊森多聊了幾句關於這次請到尹章和葛凱拍宣傳片的事。

胡俊森聽了十分興奮，大讚道：「市長，您真了不起啊，居然真的請到了他們。我很喜歡尹章早期的作品，這可是一次難得的機會，我一定要好好想想，要如何讓尹章多展現一些海川新區的風貌。」

姚巍山說：「這個機會是很難得，我這裏有尹章給我的宣傳片腳本，要不要給你一份，你拿回去研究一下，看看要怎麼去展現海川新區的風貌。」

「好啊！」胡俊森高興地站起來，往姚巍山的辦公桌走，一邊問道：「您放在哪裏啊？讓我看看他的腳本是怎麼設計的。」

姚巍山看胡俊森走向他的辦公桌，當即臉色就變了，一個箭步擋在胡俊森面前。

胡俊森被姚巍山的舉動嚇了一跳，說：「市長，您這是怎麼了？」

姚巍山這時也意識到自己有些失態，就掩飾的笑了一下，說：「你真是急性子啊，我這裏的東西也是你隨便就能翻動的嗎？你先回去坐著，我拿給你。」

胡俊森懷疑的看了看姚巍山，說：「市長，您不用這麼緊張吧，您告訴我腳本放在什麼位置，我自己過去拿不是一樣的嗎？」

姚巍山心想：哪裏一樣啊，你這傢伙別再亂動我的水晶洞，否則我又得要找李衛高調整了。

姚巍山趕忙把胡俊森往沙發那裏推了推，說：「你給我回去老實坐著，我拿給你。」

胡俊森不再堅持，就回去沙發上坐了下來，等姚巍山把腳本拿給他。

第九章

# 心腹大患

胡瑜非說：「黎式申如果真的跟睢心雄翻臉的話，那睢心雄可就慘了。」黎式申一直是睢心雄的心腹，深知睢心雄這些年所做的那些見不得人的事，如果跟睢心雄翻臉，那就不再是睢心雄的心腹，而是睢心雄的心腹大患了。

姚巍山邊將腳本遞給胡俊森，邊說：「這個腳本孫書記也看過，他覺得很不錯。」

胡俊森笑了笑說：「尹章也不是浪得虛名的，他的創意應該很不錯。誒，他選的這個叫做許彤彤的女演員，以前怎麼從來沒聽說過啊？」

姚巍山說：「這是尹章公司發掘的新人，尹章認為用新人才能體現海川的形象，這個女孩子很不錯的，我在北京見過，很有成為大明星的潛力，駐京辦的傅主任就特別喜歡她。」

胡俊森笑說：「您看好的，一定不會差的，不過我對她是否成為大明星的潛力不感興趣，我只希望這部片子能夠把海川新區的形象給突顯出來。」

姚巍山取笑說：「俊森同志，你這麼說就不對了，海川可是一個整體，不能光打你自己的小算盤啊。」

在姚巍山辦公室又閒聊了幾分鐘，胡俊森就回到自己的辦公室，坐下來後，撥電話給北京的傅華。

此刻傅華正在看今天的報紙，聽到手機響，就一邊翻看著報紙，一邊接了電話。

「有什麼指示啊，胡副市長？」

胡俊森笑笑說：「我要謝謝你，傅主任。」

傅華聽到胡俊森的感謝有點莫名其妙，納悶地說：「胡副市長，你讓我有丈二和尚摸不著頭腦的感覺，我做了什麼事，讓你還要親自打電話來感謝我啊？」

胡俊森笑說：「就是上回地球儀的事，你提醒我要注意分寸，幸好你提醒了我，我也沒有不小心惹到姚市長。」

傅華這才恍然大悟，笑說：「您不會又在打姚市長那個地球儀的主意了吧？」

胡俊森笑笑說：「沒有，那個地球儀大概是因為被我動過的緣故，姚市長已經收了起來，現在擺在那個位置上的是一個水晶洞。」

傅華聽了，忙警告說：「水晶洞的作用應該跟地球儀差不多，您可千萬別去動它，相信這些風水之術的人是很忌諱別人亂動的。」

胡俊森回說：「我就是想動也沒這個機會，你知道嗎，我今天想去桌上拿份東西，結果把姚市長給嚇得一個箭步擋在我的面前，那時候我才意識到他是怕我再去動他桌上的擺設。我覺得真是可笑，一件擺設而已，有這麼大的神通嗎？有必要這麼緊張嗎？」

傅華說：「在風水學上，這些擺設被賦予了很多的功能，比方說這個水晶洞能幫助主人運氣亨通，這些東西在中國人當中很有市場。不過胡副市長，在官場上信這些東西的人，可是不想讓別人知道的，所以您自己曉得就好，千萬不要在姚市長面前提及。」

胡俊森說：「這個我知道，我會很注意的。誒，傅主任，你們這次為那部宣傳片選的女主角很不錯啊，我看了她的照片，挺漂亮的。」

傅華笑說：「您還沒看到她本人呢，本人比照片還要好看。」

胡俊森笑了起來，開玩笑說：「想不到你對這個女孩子印象這麼好，難怪姚市長說你特別喜歡她。老實交代，你是不是對她有什麼想法啊？」

傅華忙否認說：「胡副市長，這種玩笑可不能亂開，我有老婆的……」

說到這裏，傅華忽然停頓了一下，因為他看到報紙的財經版上有一篇報導提及到天策集團，題目是《國土部突查違規佔用耕地，胡瑜非天策集團擴張計畫受挫》。

傅華看到這個標題的第一個感覺是十分錯愕，國土部怎麼會去查天策集團呢？關偉傳還做著國土部的部長呢，應該會對天策集團保駕護航才對，怎麼會突然對他老領導的兒子發難呢？

稍為冷靜一下，傅華腦海裏浮現的第二個念頭是，這不僅僅是關偉傳對胡瑜非發難，也是睢心雄對胡瑜非有所反撲了。這招最毒辣的是讓關偉傳這個胡家的親信對胡瑜非發難，讓關偉傳背叛胡家，這等於是在胡瑜非背後捅了他一刀。

見傅華說了一半就沒有下文，胡俊森笑說：「怎麼了，被我說中心事了？」

傅華失笑說：「不是，胡副市長，是我突然有點事。」

胡俊森打這個電話實際上也是跟傅華閒聊而已，聽傅華說有事，就說：「那我就不跟你閒扯了，有事的話就去忙你的吧。」

傅華也急著跟胡瑜非落實一下那篇報導具體的情形，就抱歉地說：「那我就不好意思了，改天再陪您聊吧。」

胡俊森不在意地說：「跟我就不用這麼客氣了，去忙你的吧。」

胡俊森掛了電話，傅華馬上就打電話給胡瑜非。

「胡叔，您看到今天報紙上那篇關於天策集團的報導了嗎？」

胡瑜非淡淡的說：「是不是國土部突查違規使用耕地的那一篇啊？」

看來胡瑜非已經看到報導了，傅華心定了一下，胡瑜非這麼淡定，說明問題並不嚴重。便說：「是啊，胡叔，這是怎麼回事啊，關偉傳怎麼會突然搞出這麼一段來啊？他這是什麼意思？再怎麼說也輪不到他出來針對天策集團吧？」

胡瑜非雲淡風輕地說：「對此我並不感到意外，從他的情人楊莉莉出現在睢心雄安排的見面會上時，我就有關偉傳可能會背叛胡家的想法了。人心是會變的，老爺子對關偉傳的好也過去這麼多年了，不可能指望關偉傳會記住一輩子的。」

傅華忿忿不平地說：「就算不能把胡家的恩惠記住一輩子，起碼也不能忘恩負義的從背後捅胡家一刀啊，這麼做他還算是人嗎？」

胡瑜非平靜地說：「事情不像你想的那麼嚴重。關偉傳倒是打電話來跟我解釋過了，說是有人到高層那裏舉報，高層對此很不滿意，迫不得已，他只好查處一下，做做樣子給高層看，並不是真的要針對天策集團的。」

傅華覺得關偉傳這個解釋根本就站不住腳，如果真是高層關注，關偉傳哪有什麼膽量敢幫胡瑜非掩飾啊？除非他想跟胡瑜非一起倒楣。他認識的關偉傳可不是這樣子的人。

傅華不禁質疑說：「這樣的解釋您也相信？」

胡瑜非笑說：「傅華，我還沒那麼傻吧，連關偉傳糊弄我的話都聽不出來？我壓根就不相信。不過暫且我還沒有想好要怎麼去處理關偉傳，就先應付著他了。現在局面已經夠亂了，我可不想讓某些人亂中取利。」

傅華問說：「那您覺得這件事跟嘉江省的那位有沒有什麼關係？」

胡瑜非說：「雖然我還無法十分確定，但是我估計很可能是他在背後玩的把戲。這傢伙看拉攏我不成，就開始打壓我了。」

傅華擔心地說：「那胡叔，天策集團不會有什麼問題吧？」

胡瑜非老神在在地說：「不會有什麼問題的，國土部現在只是在調查階段，還不能確定天策集團就是違法，這個項目在豐湖省，國土部想要證實我們天策集團違規使用耕地也不是那麼容易的事。」

「豐湖省？」傅華驚訝的說。

胡瑜非支持跟雎心雄競爭的人楊志欣，就是豐湖省的省委書記，因此雎心雄這麼做實際上是一石兩鳥，打擊胡瑜非的同時，也牽連到了楊志欣。

有楊志欣這個奧援在，胡瑜非和天策集團在豐湖省的行為肯定不會那麼守規範的，這就成了對手攻擊他的靶標。如果胡瑜非和天策集團有事，那雎心雄就會把事情引到楊志欣身上，因此胡瑜非和天策集團出事，也就意味著楊志欣出事了。

另一方面，關偉傳作為胡家的親信，對楊志欣和天策集團都很熟悉，天策集團有沒有在豐湖省做過什麼不合法的事，別人可能不知道，關偉傳卻絕對是知道的。

這一環環的盤算不可謂不精明，難怪睢心雄敢搞這麼多事出來，看來他除了會作秀之外，也確實有和楊志欣一較短長的實力。

傅華不由得心生警惕起來，這些傢伙一個個都夠狡猾的，每一步的行動都經過精心的算計，跟他們打交道需要多幾個心眼才行。

「豐湖省怎麼了，你為什麼這麼驚訝啊？」胡瑜非疑惑的問。

「沒事，」傅華掩飾說：「我只是沒想到睢心雄會這麼快就有了反撲的行動。」

胡瑜非說：「這還算不上什麼像樣的反撲，很可能只是睢心雄試探的動作，你等著看吧，他後續的動作還會更加激烈的。」

傅華嘆道：「睢心雄也夠厲害的，居然能夠從香港媒體上的一篇報導，就能把打擊的目標鎖定在您身上。」

胡瑜非說：「這不是睢心雄厲害，而是雙方都爭了這麼久，彼此對對手有多少底牌都心知肚明，有什麼動作，一看就明白是誰的手筆。」

傅華說：「那胡叔您下一步打算怎麼辦啊？要不要還擊啊？」

胡瑜非冷笑一聲說：「胡家從來不會打不還手的，肯定要還擊。不過還擊也要謀定而後動，不能給睢心雄鬧事的口實。我現在已經開始著手調查睢心雄這次究竟給了關偉傳什麼好處，才讓這個混蛋在背後捅我一刀的。查明白這一點，我就能搞明白關偉傳身上的弱點是什麼，然後才能有針對性的採取行動。」

胡瑜非接著說道：「傅華，你也要小心些，睢心雄既然開始對我下手了，下一步說不定就會把目標放在你身上。你別忘了，你不但公開質疑過睢心雄，還攪了睢才燾和高芸的好事，他心中肯定更恨你。」

傅華早有心理準備睢家父子絕對不會放過他的，既然這樣，畏懼也沒有用，還不如挺直腰板跟睢家父子好好鬥一鬥，看看究竟是誰厲害。

他笑笑說：「他的手段我已經見識過了，也沒什麼。」

胡瑜非提醒說：「你也別太輕敵，睢心雄這個人十分陰險，他讓黎式申抓你不成，肯定會想別的招數對付你的。」

傅華哼了聲說：「我不怕他，讓他來吧，我倒要看他會玩出什麼新的花樣來。」

胡瑜非警告傅華：「你還是小心些比較好。誒，羅宏明寄給你的資料 你拿到沒有？」

羅宏明的資料到現在還沒出現，傅華心中也很著急，說：「還沒有，估計還需要幾天吧。我不知道羅宏明是從什麼地方寄出來的，也就無從查詢。胡叔您很急嗎？要不我想辦法聯絡一下羅宏明？」

胡瑜非說：「也不急在這一時，反正你記得拿到資料後儘快的交給我就是了。」

傅華點點頭說：「我會的，我也想早點把黎式申那個混蛋給繩之以法，他留在社會上，我總覺得不安全。」

胡瑜非說：「黎式申確實是一條惡犬，他不被抓起來，總有咬人的可能。不過傅華，現在你無需擔心他什麼，告訴你一件有趣的事。」

傅華好奇地說：「什麼有趣的事啊？」

胡瑜非笑說：「我一個在嘉江省工作的朋友跟我說，黎式申因為沒能成功的抓捕你，已經被睢心雄給停職了。黎式申這幾年靠著警察的身分耀武揚威慣了，突然沒有了這個光環，整個人都蔫了。」

傅華沒想到睢心雄居然這麼快就停了黎式申的職，不敢置信地說：「睢心雄不會這麼對待他的親信吧？這個處分似乎有點重了。」

胡瑜非說：「對睢心雄這種獨斷專行、疑心病又重的人來說，什麼事都做得出來的。他認為黎式申本來應該可以將你抓到嘉江省去的，卻在聽了你的耳語之後放了你，顯然有縱放的嫌疑。據說黎式申回到嘉江省後，睢心雄幾次把他找去談話，問過來問過去的就是你究竟跟他講了什麼，但是每次黎式申都回答說你根本就沒跟他講什麼。」

傅華暗自好笑，知道黎式申現在是啞巴吃黃連，有苦說不出。事情果然按照他預想的那樣發展，睢心雄開始懷疑起黎式申的忠誠了。黎式申也在猜忌睢心雄因為懷疑他的忠誠，隨時準備要處理他，這說不定會激得黎式申對睢心雄採取過激的手段。

這兩個都是心懷鬼胎且以自我為中心的人，這樣相互懷疑下去，對對方使出什麼殘酷的手段都是可能的。特別是黎式申現在身處劣勢，為了自保，很難說會做出什麼樣的事來。

傅華笑說：「黎式申也是活該，他幫睢心雄做了這麼多壞事，也該得到報應了。」

胡琦非說：「這倒也是，睢心雄所做的壞事裏，八成以上都是黎式申經手，如果這傢伙真的跟睢心雄翻臉的話，那睢心雄可就慘了。」

黎式申一直是睢心雄的心腹，深知睢心雄這些年所做的那些見不得人的事，如果真的跟睢心雄翻臉，那他就不再是睢心雄的心腹，反而是睢心雄的心腹大患了。

傅華很快就領略到睢心雄對付他的手段了，只是他沒想到站出來幫睢心雄對付他的，居然是他一向視為支持他的人：東海省省長鄧子峰。

官場上發生的事常常讓人匪夷所思，就算是最好的朋友，也有可能突然從背後捅你一刀。

因為曲煒跟馮玉清結盟的關係，鄧子峰跟他疏遠了很多。傅華認為這是高層博弈層面的事，他在其中能起到的作用十分有限，鄧子峰應該不會遷怒於他這個小小的駐京辦主任，然而事態的發展卻大大出傅華的意料之外。

事情發生在東海省省政府召開的一次常務會議上。會議議程原本並不涉及傅華，他的層級也還不到讓常務會議討論他的程度。但是在開會的過程中，鄧子峰卻離題發言，提到一些在駐京辦的同志，不按照組織紀律嚴格要求自己，成天花天酒地，跟女人有不正常的關係，把自己搞成花邊新聞的常客，嚴重抹黑了東海省的幹部形象，造成極為惡劣的影響。

鄧子峰雖然沒有明白點名他說的是傅華，但是大家聽了立即明白他指的人就是傅華。因為在東海省大大小小的駐京辦官員當中，在八卦網站和花邊新聞見報率最高的人，除了傅華，就沒有別人了。

鄧子峰在會議最後，提出要求相關部門的領導對此現象要充分重視，對有問題的同志絕不能姑息縱容，必須給與嚴肅處理，要學習嘉江省的做法，對幹部隊伍進行必要的治理和整頓。

鄧子峰這個做法等於是在呼應雎心雄在嘉江省的整頓活動，這讓傅華十分錯愕，他以為憑鄧子峰的政治素養，應該不會看不出雎心雄在嘉江省的所做作為目的何在，既然看得出來，鄧子峰仍然選擇呼應雎心雄，這可就很耐人尋味了。

鄧子峰這麼做是想要幹什麼？傅華知道這次競爭省委書記失敗對鄧子峰的打擊很大，難道是政治上的失意，讓鄧子峰選擇了跟雎心雄一起鋌而走險嗎？

傅華有些頭大，現在雖然常務副市長曲志霞還算是支持他，但是有鄧子峰這個省長施壓，曲志霞也是抗不住的，他這個駐京辦主任少不得又要被人家給折騰一番了。加上這是海川市的事，曲煒和馮玉清估計也不好出面講話。傅華處在一個相當被動的境地，只能孤立無援的去面對這一切。

最近傅華與蘇南、曉菲也很少見面，傅華不想因為這件事毀掉他和蘇南、曉菲間的友誼。便撥通了蘇南的電話，想約蘇南去曉菲那裏聚一聚，順便也探探蘇南的口氣，看看鄧子峰現在跟雎心雄走得究竟有多近。

但是電話接通後，傅華就知道這個電話打得很不合時宜，因為蘇南的語氣十分生疏，像個陌生人，這說明鄧子峰對付他這件事，蘇南是知情的。

蘇南很冷淡的說：「找我有什麼事啊？」

傅華有點不相信他和蘇南那麼長時間的友誼會因為彼此陣營的不同，就可以化為烏有，就笑了一下說：「南哥，我們有段時間沒一起聊聊了，晚上你有空嗎？一起去曉菲那裏喝杯酒吧？」

蘇南依舊冷淡的說：「對不起，我最近公司的業務實在太忙，晚上要加班，恐怕不能陪你喝酒了。」

聽到蘇南這麼冷淡的口吻，傅華明白現在不僅是鄧子峰要針對他，恐怕包括蘇老這一派的人馬都要針對他了。傅華苦笑了一下說：「既然你忙，那就算了。」

「行啊，就這樣吧，」蘇南說著就掛了電話。

傅華心頭一陣茫然，有一種被朋友拋棄的失落感。

停了一會兒，他把電話撥給曉菲，他跟曉菲有特殊的感情，相信曉菲絕不會拒絕他的，就說：「曉菲，晚上我想去你那兒吃飯，歡迎嗎？」

曉菲果然一如往常地說：「你知道我的門始終對你是開著的，你來吧，我等你。」

晚上，傅華便去了曉菲的四合院。

曉菲看到他，笑了笑說：「怎麼，被鄧叔批評有點受不住啦？」

傅華感慨說：「鄧省長批評我那幾句，我不覺得有什麼受不了的，大不了不做這個駐京辦主任而已，我只是有點惋惜南哥因此跟我劃清界限，大家做了這麼久的朋友，難道就這麼絕情嗎？」

既然已經因為所持立場不同而分道揚鑣，傅華便不再稱鄧子峰為鄧叔，而改口稱他為鄧省長了。

曉菲替蘇南緩頰說：「傅華，你也不要怪南哥，他有他的苦衷。他一直對鄧叔沒做上省委書記深深地自責。這次鄧叔選擇支持雎心雄，他就不好再跟你有什麼接觸了。如果被人看到他跟你接觸的話，可能又會害到鄧叔了。哎，這也怪你，你閒著沒事去惹睢心雄幹什麼啊？」

聽曉菲這麼說，傅華釋懷許多，蘇南現在的處境的確很尷尬，很可能鄧子峰在對他發難前，就已經跟蘇南講明不要再跟他接觸的話了。

傅華不禁喊冤說：「你以為是我想要去惹睢心雄的啊？我不過是正巧趕上罷了。」

曉菲挖苦說：「你也不是什麼好東西，你當我不知道是你攪了高芸和睢才燾的好事嗎？你跟這個高芸又是怎麼一回事啊？我記得高芸原來跟胡東強訂了婚，好像也是你給攪散的。」

傅華無奈嘆道：「如果我說這都是剛好碰上的，你信嗎？」

曉菲嗤了聲說：「不信，哪有那麼巧，高芸跟男人的事全都被你趕上了？我看你是對她心懷不軌才對吧。」

傅華苦笑說：「我知道你不會相信，但實際上我真的是碰巧趕上的。哎，連你都不相信我，我只能說是自己太命苦啦。」

曉菲笑說：「命苦也是你自找的，被人用槍頂著的滋味不好受吧？」

「這你也知道啊？」傅華愣了一下說。

曉菲說：「我現在也算是睢心雄一個圈子裏的人了，黎式申用槍頂著你卻沒把你抓到嘉江省的事當然知道啦。睢心雄還說你這樣都能逃脫，也算是個人物，只是可惜不能為他所用。」

傅華叫說：「不能為他所用，他就要除掉我嗎？他以為國家是他家的，誰都要聽他的啊？」

曉菲笑笑說：「那倒也不盡然，不過重點是你在他對手的陣營裏，又處處針對他，他自然對你必欲除之而後快了。」

傅華不屈服地說：「那他可打錯算盤了，我可不是他手中的泥團，他想怎麼捏就怎麼捏，就算我鬥不過他，我也不會讓他好過的。」

曉菲笑說：「你這傢伙是有點不好對付，也許有一天睢心雄會後悔跟你為敵也不一定。」

傅華聽了說：「我猜想他現在已經後悔了。」

曉菲不禁搖頭說：「誒，傅華，你怎麼一點也不知道謙虛啊，說你胖你還喘了起來呢。」

傅華笑了笑說：「我這不是不知道謙虛，而是實事求是。」

曉菲面有憂色地說：「你可別忘了，睢心雄可是嘉江省的省委書記，主掌一省，對付你這個小小的駐京辦主任，可是輕而易舉的，他有什麼好後悔的啊？」

傅華忿忿地說：「這我沒忘，不過，就算是他把我處理掉了又能怎麼樣呢？這與他想要進入核心領導層有幫助嗎？根本就沒有，相反，還會引起別人對他的警惕。」

曉菲點點頭，說：「傅華，我也覺得雎心雄與你為敵是不明智的。」

傅華接著分析說：「我現在對雎心雄來說，就像一個燙手的山芋，不管吧，我公開跟他唱對臺戲，還撬了他兒子的女朋友，這樣子他都不管，別人會認為他太無能了，他丟不起這個面子；管吧，還真有牛刀殺雞，無處著力的感覺，也會讓人覺得他這個省委書記去對付一個駐京辦主任是以大欺小，勝之不武的。」

曉菲十分認同地說：「你說得很對，你還真是個燙手山芋，拿不起放不下的。」

傅華又說：「其實雎心雄讓黎式申來抓我，本就已經落於下乘了，他現在的當務之急不是怎麼折磨我出氣，而是怎麼想到辦法突破現在的困境，讓高層接納他現在的行為，然後成功的擠進高層去。」

曉菲笑說：「你說的很有道理，不過你處處針對他，還攪合了高芸和他兒子的好事，是人都咽不下這口氣的。」

傅華說：「你說的那是一般人的想法，睢心雄野心那麼大，就應該擯棄這種想法才對，他卻沒有，結果把自己陷在這麼尷尬的境地。誒，曉菲，鄧省長這次不知道犯了什麼糊塗，居然會想要去支持他，難道他看不出來睢心雄現在是進退兩難嗎？」

「進退兩難？」曉菲問道：「為什麼這麼說？」

傅華回說：「很簡單啊，睢心雄在嘉江省也搞了兩三年的大整頓吧？你看高層有明確的表態支持他嗎？沒有。這就說明他的做法不受高層待見。但是睢心雄這個人作秀成了習慣，把這些整頓活動大肆宣傳，高調無比，此刻就是想停也停不下來，有騎虎難下之勢。曉菲，你勸勸鄧省長吧，讓他別去跟著睢心雄瞎攪合，別偷雞不成，反把自己給搭進去了。」

曉菲搖搖頭說：「鄧叔是不會放棄的。你不知道他的心情，本來這次他以為自己能夠順利的登上省委書記的寶座，結果卻被呂紀搞了那麼一下，讓馮玉清撿了便宜。馮玉清年紀比他小，有著比他強大的背景，本身又很有能力，幹滿兩屆的省委書記一點問題都沒有，可是等她幹滿兩屆的話，鄧叔就

到年紀了，根本就沒機會再上一步了。」

傅華很明白鄧子峰的心境，眼見省委書記就在手邊，似乎伸手就可以抓到，但是中間隔了馮玉清之後，這短短的距離，他的手就無法伸過去了，這讓他怎麼能甘心啊？

但是不甘心歸不甘心，傅華覺得鄧子峰不應該將靈魂出賣給雎心雄這個魔鬼，於是不以為然地說：「那就去跟雎心雄勾結嗎？」

曉菲為鄧子峰辯解說：「要不然他怎麼辦？按部就班他一點機會都沒有，還不如另闢蹊徑賭上一把呢。如果賭贏了，幫雎心雄進入到最高領導層，那雎心雄投桃報李，也許會支持他成為省委書記的。」

傅華搖搖頭說：「曉菲，我認為這次鄧省長押錯寶了，我可以肯定地說雎心雄絕贏不了，現在雎心雄一方內亂已生，危在旦夕。」

傅華這麼說是有依據的，雎心雄現在跟黎式申已經產生嫌隙，兩人心結經過發酵，還不知道會爆出什麼醜事來呢。最關鍵的一點是，羅宏明已經將黎式申的犯罪證據從美國快遞過來，到時候胡瑜非將這些罪證往中紀委一遞，中紀委就可以以黎式申為突破口，找到雎心雄犯罪的事實，那時候雎心雄就完蛋了。

曉菲卻說：「傅華，你別危言聳聽了。我敢保證睢心雄不但不會危在旦夕，形勢還會越來越好。你說高層對他的所作所為一直沒表態是嗎，這個不假，但是那是以前，不代表以後就沒有高層出來表態支持嘉江省做法的。」

傅華愣了一下，看著曉菲說：「你似乎是知道什麼事將要發生似的？」

曉菲點頭說：「你千萬不要小瞧睢心雄，他的能力還沒有完全發揮出來呢，據我所知，他已經透過某些管道動員了一位高層出來支持他，這位高層很快就會去嘉江省實地考察，並會發表支持睢心雄的講話。這還只是第一步，睢心雄還會有一連串的動作施展出來，到那時候，估計你就不會認為睢心雄會輸了。」

這個消息一定是從睢心雄那邊透露出來的，傅華不禁有點傻眼，他明白鄧子峰為什麼會倒向睢心雄了。因為形勢有了重大的變化，睢心雄有了強有力的奧援加入，又要占到上風了。鄧子峰加入睢心雄一方，並不像他想的是支持錯人，實際上是鄧子峰站到了贏的一方隊伍中去。

傅華仍然不願相信的說：「不可能的，誰都知道睢心雄的做法行不通，是在逆勢而動，他不應該會贏的。」

曉菲笑說：「傅華，政治拼的是實力，誰的實力強大，誰就會贏。而不是你想像的誰應該贏，誰就會贏的。」

傅華無語了，曉菲說的不假，這個世界並不總是正義的一方會贏，眼下來看，睢心雄的贏面大了很多。這也正是鄧子峰選擇支持他的緣故吧。

但是讓這樣一個野心家贏了的話，那國家將會被他帶進一個萬劫不復的境地，這是傅華絕對不想看到的。

曉菲勸道：「傅華，我勸你還是儘量消停一些，不要處處跟睢心雄對著幹。其實這次鄧叔出手對付你，對你來說也是件好事，你就低一下頭認了吧，這樣子也給睢心雄一個臺階下，只要讓他能過得去，以後就不會找你什麼麻煩了。」

傅華苦笑說：「曉菲啊，這不是我低不低頭的事，而是並沒有人願意站出來幫我，我就算是不想認，恐怕也得認了。罷了，我就等著鄧省長和他的爪牙們來對付我吧。」

曉菲取笑說：「你把自己說的那麼淒慘，下次看你還敢不敢隨便去攪合高芸的事。」

傅華自嘲說：「再也不敢啦。」

# 第十章 圖謀不軌

他很想轉頭看看身後這個人究竟是誰。
那個人似乎知道傅華在想什麼，搶在傅華轉頭前說：
「別亂動，趕緊開車！匕首在後面頂著你的後心呢，
只要你想要對我圖謀不軌，我馬上就結果你的性命！」

在四合院吃過晚飯，傅華就跟曉菲分手，準備開車回家。

他此刻的心情有些沮喪，原本他以為胡瑜非和楊志欣勝券在握，整倒雎心雄指日可待。但現在看來，他有些太輕視雎心雄了，雎心雄所擁有的能力和能量比他想像的要大得多。

現在形勢整個要來個大逆轉，雎心雄可能即將一反頹勢，轉而佔據主動。讓這種人得勢，傅華心中很不舒服，這可不是他跟胡瑜非折騰了半天想要看到的局面。

坐進車裏，傅華拿出手機，想要給胡瑜非打個電話，把他剛從曉菲那兒瞭解到的情況跟胡瑜非說一聲。

當傅華正在撥號的時候，身後的座位上突然傳來一個男人的聲音：「收起你的手機，趕緊開車！」

傅華被這突如其來的聲音嚇了一大跳，手機差一點就沒拿住。他的車裏什麼時候多了個人？這個人是誰？會不會對他不利？

他很想轉頭看看身後這個人究竟是誰。

那個人似乎知道傅華在想什麼，搶在傅華轉頭前說：「別亂動，趕緊開車！我跟你說，我可用匕首在後面頂著你的後心呢，只要你想要對我圖謀不軌，我馬上就結果你的性命！」

傅華聽了，心裏更加緊張起來，因為他已經從這人說話的聲音聽出這傢伙是誰了，竟然是黎式申。這是怎麼回事？黎式申不是跟著睢心雄回嘉江省了嗎？怎麼會在這時出現在他的車內？難道這傢伙是專門從嘉江省跑來北京報復他的？

黎式申被免職，很大一部分原因是因為他，想來黎式申現在一定很恨他，他很擔心黎式申一個衝動，匕首只要往前送一下，他的小命就不保了。傅華不敢猶豫，趕忙轉動鑰匙啟動車子，腳踩油門，車子就離開了曉菲的四合院門前。

傅華一邊開著車，一邊思索著要如何從黎式申的匕首下脫身，不管怎麼樣，首先要穩住黎式申才行，便好言說道：「黎副廳長，你先別衝動，有什麼事好好說。」

黎式申森冷的說：「姓傅的，你別叫我副廳長了，拜你所賜，我現在已經不是公安廳的副廳長了。怎麼，你現在害怕了？當初你對著我的槍口時，不是挺威風的嗎？」

傅華乾笑一下，說：「我那不過是壯著膽子而已，誰對著這種情形能不害怕啊？你先別衝動，什麼事情都好商量。」

「媽的！」黎式申罵道：「你這個混蛋，現在又什麼事情都好商量了，你在那時候若跟著我走，現在不就什麼事情都沒有了嗎，我也不至於被睢心雄免職了。」

傅華苦著臉說：「等一下，黎副廳長，這筆賬你總不能算在我頭上吧？你之所以會被免職，那是因為睢心雄對你不滿，可不是因為我沒跟你走的緣故。我跟你說啊，睢心雄既然知道你跟羅宏明之間的那些事，他肯定是認為你背叛了他，因此早晚會對付你的，你沒把我帶回去，只不過是給他一個很好的藉口罷了。」

黎式申哼了聲說：「是不是睢心雄算計我，我們先不討論，關於羅宏明舉報我的事，我需要跟你落實一下，你確定羅宏明真的把舉報我的資料寄給了中紀委嗎？」

傅華心想羅宏明舉報的資料我到現在都還沒收到呢，當時我只是為了拖延時間才撒這個謊的，你要是知道實情，八成立刻會一刀捅了我的。

等等，這傢伙突然問起這個是什麼意思啊？難道他發現了什麼？如果他發現了自己說謊，那自己可就危險了。

不過事情到了這般田地，傅華也只有硬著頭皮堅持到底了，就說：「當然是真的了，是我在中紀委的朋友親口告訴我的。」

黎式申疑惑的說：「可是不對啊，為什麼我問了一下中紀委，他們都說沒聽說最近有人寄來有關我的舉報資料到中紀委啊？」

傅華心說這黎式申也夠狡猾的，居然還想到要去中紀委查有沒有人舉報他，這還沒發生的事情當然是查不到的了。

黎式申說著，手裏的匕首往前送了一下，惡狠狠地說：「你老實交代，這是不是你胡口編出來的？」

傅華立時感覺後背被一個尖尖的東西頂了一下，看來黎式申說的匕首並不是假的。這個黎式申不愧是刑警出身，心思縝密，居然能夠推測出事情真相；不過你強我也不差，我既然當時能唬住你，現在照樣能把你騙得一愣一愣的。

傅華喊冤道：「黎副廳長，你這就冤枉我了，你是突然出現在海川駐京辦的，我要不是真的知道有這件事，又怎麼能說出你跟羅宏明的這些糾葛呢？我不可能臨時編造出一件正好發生過的事吧？」

由於傅華講的話真假參半，讓黎式申這個偵查經驗豐富的老刑警也無法十分確定傅華講的究竟是不是在騙他。

黎式申狐疑地說：「不應該啊，我那個朋友能力很大的，如果有的話，他應該會知道的。」

傅華因為對紀委的工作方法和程序略知一二，於是便糊弄地說：「我跟你說過了，中紀委將資料給了嘉江省，很可能睢心雄因為你是他的心腹，知道他的事情太多，擔心直接處分你，會刺激你背叛他，所以才會把這件事給壓下來。你跟了睢心雄這麼多年，應該知道他有沒有這個能力吧。」

傅華講這個話是有依據的，胡瑜非曾經跟他說過，中紀委那裏舉報睢心雄的資料壓了一堆，中紀委卻始終不敢對睢心雄下手，想來最直接的一個原因，是睢家有能力控制住中紀委不敢查睢心雄。

另一方面，黎式申的級別是副廳長，這個級別官員的違紀案件還不夠中紀委查處的層次，通常不是因為牽涉到其他重大事件和人物，舉報副廳級官員的案件，中紀委會直接轉給省紀委處理，因此傅華所說的中紀委將資料給了嘉江省，程序上也是說得通的。

果然，黎式申聽了後，說：「睢心雄這個混蛋確實有這個本事，他們家族確實在中紀委有人。」

傅華順勢說：「這不就結了嗎？我想睢心雄現在一定在想辦法先把事情壓下來，然後再把你秘密處理掉，到時候他的事就不會暴露了。」

「他敢！」黎式申叫道：「他敢動我一根毫毛試試！他當我黎式申是吃素的啊？睢家這些年做的事，我可都是清清楚楚的，真的惹到我，老子能把睢家鬧個天翻地覆。」

這個黎式申果然不是個善類，現在已經起了噬主之心了。不過傅華覺得光是這樣還不夠，他必須想辦法讓黎式申對睢心雄更有意見才行，只有那樣，才會讓黎式申把恨意都轉移到睢心雄身上，他才有機會從黎式申的匕首下逃生。

傅華笑了起來，挑釁地說：「黎副廳長，你不覺得你這話說得很沒有底氣嗎？如果你現在還是嘉江省公安廳威風八面的副廳長，你還有跟睢心雄過手的可能；可惜你已經被免去副廳長的職務，跑來對付我，連把槍都拿不出來，只能用匕首來威脅我，這說明你現在只不過是個平頭百姓，拿什麼去跟睢心雄叫板啊？」

黎式申惱火的叫道：「姓傅的，你別這麼囂張，你可別忘了你的小命還

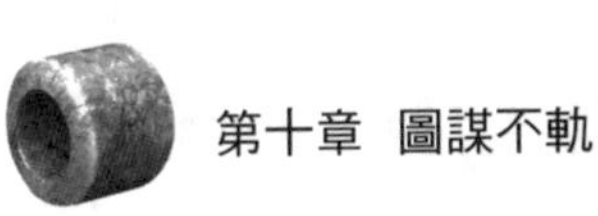


在我的掌握當中呢。」

傅華冷靜地說：「我沒忘，不過，你應該知道你的問題並不在我身上，你殺了我也無濟於事的。你殺了我，只不過更給了睢心雄把你處理掉的藉口而已。我勸你還是把匕首收起來吧，你現在應該趕緊想辦法怎麼去應付睢心雄才對，如果你能跟睢心雄溝通好，羅宏明舉報你的事，也不是什麼大問題了。」

黎式申遲疑了一下，覺得傅華所說的也有道理，現在所有的問題癥結都在睢心雄身上。只要睢心雄願意，便真的能把這件事給壓下去，關鍵是睢心雄願不願意出手幫他的忙。

如果在以前，黎式申有十二分的信心認為睢心雄會出手幫他；但現在發生了這麼多事，尤其是睢心雄還知道了他事先睡過羅宏明準備給他的女人，黎式申已經不敢再去指望睢心雄會幫他的忙，他能不來收拾他就不錯了。看來他少不得要用一些手段逼迫睢心雄出手幫他這個忙才行。

黎式申很自信有這個手段，他手中掌握了太多睢心雄見不得光的事，隨便拿出一件，就能毀掉睢心雄這幾年靠作秀而塑造出來的光輝形象。

傅華是對的，問題的癥結的確是在睢心雄身上，他必須從睢心雄身上找到解決這些問題的辦法。

黎式申終於嘆了口氣，說：「算你說對了，我現在就是殺了你也於事無補，也罷，這次就放你一馬吧。」

傅華感覺後背上那個頂著他的尖尖的東西瞬間收了回去，看來危機算是暫時過去了，於是回頭看了一下黎式申，說：「你是偷偷跑來北京的吧？」

黎式申說：「你說對了，我是趁睢心雄派來監視我的人不注意時偷溜出來的，主要是為了落實一下你說的羅宏明舉報我的消息是不是真的。好歹我也幹了幾十年的刑警，睢心雄的人想監視住我，門都沒有！」

傅華此時想到的不是黎式申反監視的本事高超，而是想到了另外一件事上去了，而這件事對他和黎式申都是很危險的。

傅華不禁說道：「黎副廳長，你真是有夠愚蠢的，這時候你跑來北京，不是等於在跟睢心雄說你真的跟我有勾結嗎？哎呀，你不但害了你自己，也把我給再次拖進了這個漩渦裏了。」

「是啊，」黎式申這下才感覺到問題的嚴重性，懊惱地說：「百密一疏啊，我沒想到這個。」

傅華苦笑說：「你百密一疏，睢心雄也會百密一疏嗎？他肯定已經查到你來北京了。哎！我真是被你害死了，上次我是托人找了我們東海省的省委書記出面，好不容易才讓睢心雄放過我的，這次他如果知道你又跟我見面了，不但不會放過你，連帶也會把我給捎上的。」

黎式申駁斥說：「你也別那麼緊張了，我黎式申在警界待了這麼長時間，也不是一點自保之道都沒有。我馬上就趕回嘉江省去見睢心雄，讓他放我一條生路。現在他的主要目標是我，只要我能跟他談好了，他不會對你怎麼樣的。」

傅華看了看黎式申，警告說：「黎副廳長，那你可要小心些了，你現在的身分跟以前已經不同，以前你在嘉江省的警界有人脈在，但是現在情勢不同了；按照你們以前的作法，警方隨便就可以對人採取強制措施，到時候你如果不做一些預防手段，恐怕死在睢心雄的手裏都是有可能的。」

黎式申苦澀的說：「你說的沒錯，現在的嘉江省警方確實是脫離了法治的軌道，完全變成了睢心雄私鬥的工具了。說起來，這一切都是我幫睢心雄搞出來的，我也算是作法自縛了。不過，我黎式申也不是省油的燈，睢心雄想要對付我也不是那麼容易的。」

傅華勸告說：「黎副廳長，你行事還是要小心些，據我觀察，睢心雄是一個很陰險的人，很可能他現在只是表面應承你，但暗地裏卻對你下手，那樣你就很危險了。」

黎式申嘆道：「你倒是挺瞭解睢心雄的啊，他確實是這樣詭計多端的人。你知道嗎，前段時間嘉江省那個被處死的財政廳副廳長究竟是怎麼被睢心雄算計的嗎？」

這是前陣子轟動全國的一件事。這位副廳長名叫做邵靜邦，是嘉江省財政廳的常委副廳長，據說頗受睢心雄信賴。因為被睢心雄支持，邵靜邦在嘉江省財政廳的權勢很大，甚至連財政廳的大廳長都不放在眼中。

邵靜邦出事是在國家審計署對嘉江省財政的一次例行審計當中，這次審計本來風平浪靜，審計署查對嘉江省財政的各項賬目都很正常，就在大家都以為這次審計會順利過關的時候，審計署的工作人員接到舉報，說是財政廳帳面上一筆三億的資金有問題，這筆資金實際上是財政廳為了對上帳，臨時從銀行挪借過來的。

接到舉報後，審計署展開調查，證實這筆三億的資金確實是財政廳挪借銀行的錢，而本應在財政廳銀行帳戶裏的錢卻失蹤了。

三億資金不翼而飛。這下問題就大了，必須要追究責任，於是相關部門立案調查，結果查到了邵靜邦的身上。

邵靜邦承認說這筆資金被他竊取用於去澳門賭博輸了，於是罪證確鑿，邵靜邦被判處死刑，很快就被執行槍決。

這個案子因為涉案金額巨大，轟動一時，不過因為及時破案，案件很快就不再被人關注。此刻黎式申突然提起這個案子，還說邵靜邦是被睢心雄算計的，說明這個案子很可能與睢心雄有關。

當時便有傳言說真正竊取三億資金的人並不是邵靜邦，而是睢心雄，邵靜邦只不過是做了睢心雄的替死鬼罷了。

想想這種可能性很大，別的不說，沒有睢心雄的支持，邵靜邦是不可能神不知鬼不覺的就將三億資金從嘉江省財政廳挪走的。

傅華不禁問道：「你的意思是說那三億資金不是邵靜邦的責任？」

黎式申說：「也不能說不是他的責任，沒有他經手，睢心雄是無法將那三億資金從財政廳裏拿出來的；不過拿出來之後，這筆錢就與邵靜邦沒什麼關係了，成了睢心雄囊中之物。」

傅華詫異地說：「那邵靜邦為什麼要認這筆賬啊，難道他不知道可能會判死刑嗎？難道邵靜邦傻到要用生命幫睢心雄把事情扛下來嗎？」

黎式申說：「邵靜邦當然沒那麼傻，他肯把事情全部扛下來，主要是因為睢心雄承諾說不會太嚴重；另一方面，邵靜邦的女兒當時在國外留學，所有的費用也是從這三億當中出的，睢心雄承諾讓他女兒繼續學業，不會向她女兒追討這筆錢。」

傅華不可思議地說：「就因為這兩個條件，邵靜邦就把事情全部扛了下來？」

黎式申點點頭說：「對，邵靜邦自然也盤算過了，首先，他在這件事情中也有責任，無論如何他都需要為此被判刑。二是如果被判刑，他女兒留學的費用很可能就要被追討回來，他女兒就得中止學業回國。現在睢心雄向他承諾了不會判死刑，也不追到她女兒那邊，等於他只要坐個幾年牢，就可以保住一切，還讓睢心雄欠了他一個莫大的人情，一個省委書記欠下的人情可是很值錢的，何樂而不為呢。」

傅華聽了，說：「這樣當然是很划算的，但問題是邵靜邦後來為什麼會被處死刑了呢？」

黎式申感嘆說：「這就是睢心雄狡猾和狠辣之處了。當時在研究如何判刑的時候，睢心雄明確指示法院，說邵靜邦竊取嘉江省三億資金，罪大惡極，不判死刑難以服眾，要求必須判邵靜邦死刑。」

傅華驚道：「睢心雄這不是言而無信嗎？」

黎式申回憶說：「當時是睢心雄讓我代表他跟邵靜邦做那兩個承諾的，我也覺得睢心雄這麼做很不厚道，就去找他理論，你猜他跟我說什麼？他說邵靜邦既然什麼都認了，就必須要死，只有他死了，這個案子才會成為鐵案，永遠都不能翻案。」

聽到這裏，傅華只覺得後背一陣發涼，睢心雄的心機實在太深太毒了，邵靜邦一死，等於是為他永絕後患。

傅華不禁擔心黎式申這次能不能鬥得過睢心雄，就說：「那我只能說你保重了。」

黎式申慨嘆道：「謝謝你了，想起來也夠諷刺的，鬧到最後，居然是你在關心我的安危。」

傅華說：「我是覺得你很可憐，為睢心雄賣了半輩子命，最終卻落得這麼個下場。」

黎式申從後面拍了拍傅華的肩膀，嘆了口氣說：「老弟，我們就是認識的場合不對，不然我們是可以成為朋友的。這樣吧，如果我這次僥倖的能夠全身而退的話，就來北京找你喝酒。」

這時傅華確信他的危機算是過去了，說：「黎副廳長，喝酒的事就先不要想了，你先把這次的難關過去再說吧。」

「是啊，先把難關過去再說吧，」黎式申苦笑著說：「行了，你靠邊停車，我要下車了。」

傅華就把車靠邊停了下來，黎式申打開車門下了車，很快就消失在夜幕當中。

傅華看著他的背影，心中百感交集，希望這次黎式申能夠真的全身而退，畢竟黎式申的困境有部分是因他而起。另一方面，黎式申如果出事，也就意味著能夠揭發雎心雄的唯一管道走不通了，雎心雄就會逃過應得的懲罰，更可能進入核心領導層。

傅華就沒興致再打電話給胡瑜非了，現在的形勢發展已經遠遠超出他的控制範疇，甚至可能也超出了胡瑜非和楊志欣的控制範疇，傅華感覺就算是把事情通報給胡瑜非，也不會對胡瑜非有什麼幫助。而且胡瑜非和楊志欣的消息管道比他還要廣，可能早就知道這些事了。

接下來幾天，嘉江省幾乎成了新聞的焦點，先是高層某某人去嘉江省視察，看過嘉江省的情況後，發表了重要的講話。在講話中，充分肯定了嘉江省的整頓活動，號召各省市都要向嘉江省學習。

傅華看到媒體上發表的某某講話的內容，心不斷的往下沉，這是要把嘉江省的做法全面推展的意思啊，如果真是那樣子的話，這可是以前從未出現過的情形，難道這社會真的要走回頭路了？

緊接著睢心雄的作秀就來了，他舉行了一次大型的媒體見面會，向媒體介紹嘉江省整頓活動的經驗。看睢心雄揮動手勢時翹起尾指、滔滔不絕的在媒體面前吹噓著自己的功績，傅華渾身雞皮疙瘩都起來了。

但最令傅華意外的，卻是把這場為睢心雄造勢活動推到最高潮的人，竟然是豐湖省的省委書記楊志欣。

楊志欣跑到嘉江省去，說是要學習嘉江省的先進經驗，也要在豐湖省推行一次從上而下的整頓。要不是胡瑜非把他剛收到的羅宏明寄來的資料拿走，傅華幾乎要認為楊志欣和胡瑜非是不是放棄跟睢心雄競爭了。

雖然傅華也算是見慣了官場上這種臺面上握手，臺面下使絆子的行為，但他還是對楊志欣這麼做感到十分彆扭，心想這姓楊的也跟睢心雄一路貨色，都陰險得很啊。

眼看雎心雄在政壇上氣勢如弘，傅華感到這次他恐怕在劫難逃了，鄧子峰既然暗示要處分他，孫守義就沒有理由不對他採取行動，只是不知道孫守義會給他多嚴厲的處分?!

不過想來也是不會輕的，雎心雄權勢熏天，鄧子峰為了討好他，必然會指示孫守義對他下重手的。這次是不會有人站出來幫他了。

傅華已經存了聽天由命的想法，反正最壞的結果也不過是將他撤職而已，對他來說，也不是無法承受的結果。

但是令傅華感到詭異的是，海川市委和孫守義卻遲遲沒有做出任何對他處分的動作，甚至孫守義也沒在任何會議或者場合談及過要怎麼處分他，好像孫守義根本就沒想要對他怎麼樣。

這讓傅華有些摸不著頭腦，難道是孫守義良心發現，想起以往他們之間的交情，所以決定放過他？

這似乎不太可能，傅華深知他和孫守義間的交情還不到能讓孫守義去對抗鄧子峰的程度。傅華不知道的是，其實在鄧子峰提出要處分傅華的時候，孫守義在第一時間就把相關情況彙報給了趙老。

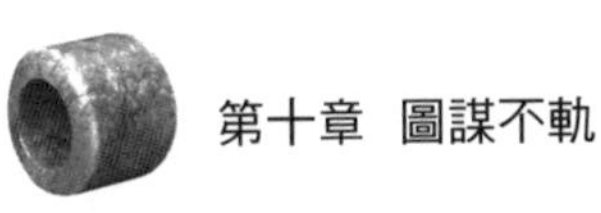

孫守義也很有政治敏感性，他對鄧子峰講話的第一判斷是鄧子峰選好隊了，而且是站到了雎心雄那一邊。

雖然孫守義很樂見鄧子峰不再庇護傅華，更因為雎心雄的緣故想要打擊傅華，他可以趁機整治一下傅華，但是相對於整治傅華來說，還有讓孫守義更為重視的事情，那就是站錯隊的問題。

孫守義很清楚的知道雎心雄現在在嘉江省推行的那一套，跟時下的改革開放是大不相同的另外一個路子，鄧子峰選擇加入雎心雄陣營，實際上是一件很危險的事。

受過趙老的多年耳提面命，孫守義深知路線問題其實是最致命的問題，多少風雲人物就是因為走錯路線，轉瞬間就被淘汰出局。因此孫守義對要不要跟隨鄧子峰十分謹慎。

在幾番考量之後，孫守義還是無法做出抉擇。

跟隨鄧子峰加入雎心雄的陣營吧，孫守義並不看好雎心雄在嘉江省玩的那一套，雎心雄想要靠強制的力量統一思想根本就是行不通的；但是不跟隨鄧子峰吧，他又是鄧子峰一系的人馬，這種行為形同背叛，鄧子峰肯定無法容忍他這麼做；孫守義更擔心遭到鄧子峰的報復，本來一片光明的仕途可能馬上就會黯淡下來了。

思量再三，孫守義還是無法做出決定，於是想到了趙老，趙老經驗豐富，肯定會幫他做出一個最合適的決定。

趙老聽完後，停了半晌沒說話，顯然他對目前的形勢也無法作出準確的判斷。

「守義啊，」過了一段時間，趙老終於說話了，「你先不要有什麼動作，還是等看看吧。現在高層的形勢還不明朗，對睢心雄的所作所為還存著一定的爭執，沒有一個統一的結論。在這時候鄧子峰急於靠向睢心雄的行為有些冒失，你暫且不要隨之起舞。」

孫守義擔憂地說：「可是老爺子，我如果沒有什麼行動，鄧子峰會很不高興的。」

趙老面授機宜說：「你不用擔心這個，反正他也沒有明確的提出要你怎麼做，你就當沒領會到他的意思好了。」

孫守義說：「我可以裝糊塗，不過老爺子，如果鄧子峰直接找上我，非要我那麼做呢？」

趙老笑了笑說：「那你就先敷衍他，把事情拖下去，等形勢明朗一些，再來決定要怎麼做。你也不要太在意鄧子峰的想法，以鄧子峰目前的狀況，他還沒有可以整治你的本錢。」

孫守義聽了，點頭說：「行，老爺子，我明白您的意思了。」

趙老說：「反正再多觀察吧，看看風向再說。」

請續看《權錢對決》6 鋌而走險

# 權錢對決 五 興風作浪

作者：姜遠方
發行人：陳曉林
出版所：風雲時代出版股份有限公司
地址：105台北市民生東路五段178號7樓之3
風雲書網：http://www.eastbooks.com.tw
官方部落格：http://eastbooks.pixnet.net/blog
Facebook：http://www.facebook.com/h7560949
信箱：h7560949@ms15.hinet.net
郵撥帳號：12043291
服務專線：(02)27560949
傳真專線：(02)27653799
執行主編：朱墨菲
美術編輯：許惠芳

法律顧問：永然法律事務所 李永然律師
北辰著作權事務所 蕭雄淋律師

版權授權：蔡雷平
初版日期：2017年3月
初版二刷：2017年3月20日
ISBN：978-986-352-409-0

總 經 銷：成信文化事業股份有限公司
地　　址：新北市新店區中正路四維巷二弄2號4樓
電　　話：(02)2219-2080

行政院新聞局局版台業字第3595號 營利事業統一編號22759935


定價：280元　特惠價：199元


國家圖書館出版品預行編目資料

權錢對決／姜遠方 著. -- 初版. -- 臺北市：
風雲時代，2016.11- 冊；公分

ISBN 978-986-352-409-0（第5冊；平裝）

857.7　　105019530